U0050451

輕鬆動畫學日語

學日語有撇步！

50音超強聯想記憶法，超輕鬆、夠簡單
開口說、跟著唱，日語歌曲一次OK
加強運用能力，中文電腦也能輸入日文
輕鬆點選上網，同步瀏覽日本資訊

● 漢思

讓本書及動畫帶你輕鬆地學日語

啟蒙最重要，讓本書親切地為你打開通往日語世界的捷徑！

本書特色：

◎ 利用最先進的多媒體聲光教學，保證讓你有耳目一新的感受。

◎ 加上獨創聯想記憶法來快速記憶五十音，脫離死背苦海，有趣又好記。

◎ 徹底掌握發音要訣及標準東京音，免得日後又為矯正發音所苦。

◎ 針對日語初學者的瓶頸及常犯的錯誤，以遊戲及互動式練習來加速反應。

◎ 附錄有日語卡拉ＯＫ，今後日劇歌曲也可朗朗上口。

◎ 如果要更上一層樓，本書也附帶介紹了「如何安裝日文輸入法」，「如何在電腦上輸入日文」，讓你在瀏覽日本網頁、收發日文電子郵件等時，都有日文環境支援。

　　本書光碟已預作整合，使用光碟片時不必經過安裝或灌日文字形等麻煩步驟，也完全不占用硬碟空間，只要有光碟機及Pentium 75MHZ、記憶體64MB以上規格的電腦均可使用。學習步驟上，先讓你先了解日語的基礎知識，再利用「假名聯想記憶法」，並藉由「六合一」互動式光碟CD-ROM及內文CD，一氣呵成地讓您打下紮實的發音及會話的基礎。為了發揮最大的效果，建議先閱讀本書，了解基本概念後，再配合書上光碟片記號處，按步就班的學習。

○ 本書「六合一光碟片」超值組合之內容例：

動畫聯想及遊戲

　　○ 配合本書聯想法及光碟的五十音動畫，幫你快速記憶平假名及片假名：

1 五十音動畫及筆畫順

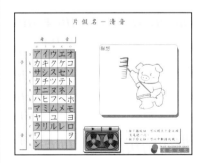

2 依發音選擇五十音遊戲

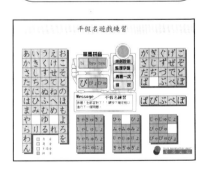

發音與單字一氣呵成

○ 動畫發音練習：使用動畫及音感快速記憶單字及學成標準東京發音
○ 發音比較練習：針對國人易發錯及發不準的音作重點複習

3 動畫發音練習

4 發音比較練習

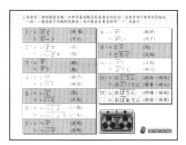

即學即用、建立信心

☺尚有許多精彩內容哦！

5 精選常用會話

以亂數自動變換電話號碼及
金額數字，輔以問候用語、
天氣、自我介紹、購物、機
場飯店、帶位等，加上卡拉
OK，帶你馬上開口說、跟
著唱。

6 急口令～說得更順又溜

7 歌曲卡拉OK等

編者的話

　　本書製作主旨為使初學者利用最新的電腦互動式學習及加上獨創的日語假名聯想法，讓學習者學得輕鬆及在學習中加上一點創意。

　　學習日語的第一個關卡就是平假名及片假名，在筆者的教學經驗中如果能讓學員先輕輕鬆鬆的用聯想法把假名學起來，再同步了解日語的正確發音，那可說是成功了一大步。

　　開發『輕鬆動畫學日語』的緣由是因為先前本公司出版之『新日本語發音練習帳』、『日語假名聯想入門』等書，自數年前推出後廣受各界好評，承蒙各大專、高中職院校及語言中心採用，除了感謝各界讀者及老師的支持之外，本次特地改版結合電腦動畫及遊戲、歌唱等，以答謝大家的支持。

　　筆者在教學及出版日語叢書之際，有感於網路 e 時代的來臨及年輕世代自幼學習的環境，都日趨影音電腦化，加上利用右腦圖象化的學習方式受到歡迎之下，如果能把日語初學者應了解的基礎知識及練習，以互動式電腦動畫的方式來表現，一定能加深學習者的理解與學習興趣，因此構思籌備了年餘，始開發出本書，以期讓讀者有一份全新的學習感受。

　　市面上一般的語言學習動畫光碟，泰半是委託外部電腦公司製作，由於結合度不夠，往往只有發音且缺乏創意總有隔靴搔癢之感，使用上並不符合實際教學上的需求，且有價格過高或低價格但是粗製濫造的缺點。因此本書在開發之際，即已考慮到上述缺點，以易於啟蒙及容易上手的方式，並結合日本國立東京外國語大學的日語教學法及資深日語教師的教學經驗來作開發。

　　製作的著眼點在於能夠讓初學者一方面先透過各種不同場面的畫面設計，結合影音的效果，以深入淺出的「六合一」方式來按步學習。我們相信以此種輕鬆而新穎的學習方式，可以突破現在日語教學上的窠臼，以耳目一新的方式先帶動學習者的興趣，再加深應用能力及複習的效果。

我們在研發時，業已委託東漢日語的資深教師們及日本的教學機構等實地採用後，教師們不但非常驚異，有這麼好的創意；加上學生們的反應及學習後的效果都非常的良好，給了我們很大的鼓勵，並歷經7次的改版才正式推出。我們甚至也從海外的華人圈得到熱烈的迴響，這是因為我們強調的是「夠輕鬆、超簡單」，絕對讓讀者購買後，有物超所值之感，並能正確的學到東西。

此外，本次編排並加上「日語卡拉OK伴奏音樂、精選常用會話：如何輸入日文、查詢或搜尋日本網站等新的項目」，使您學完發音後，馬上就可以開口，甚至用電腦打日文、輸入漢字等，設計上已考慮到藉由多方位學習的方式，來加深學習者即學即用的運用能力及今後利用電腦網路學習的新趨勢。

當然在此也必須特別註明的是，學習時還是得要配合書並提起筆，將假名好好的練習，這也是學習語文時的基本工夫，萬萬馬虎不得。

如有任何意見也請讀者不吝指正。我們的電子郵件地址是：
e-mail: service@wave.com.tw

我們相信藉由本書一步一腳印地打下紮實的發音及會話基礎，可讓日後的日語學習上更能夠徹底的掌握重點，好的開始是成功的保證，在此先恭喜大家選擇了一本好書，並祝福大家學習成功。

編者謹誌於
東漢日語文化中心

動畫ＣＤ內容

1.五十音聯想習字
　1 平假名
　　平假名-清音
　　平假名-濁音與半濁音
　　平假名-拗音
　2 片假名
　　片假名-清音
　　片假名-濁音與半濁音
　　片假名-拗音
　3 遊戲
　　平假名遊戲練習
　　片假名遊戲練習
　4 平假名書寫時的注意事項

2.日語發音要訣
　1 日語發音表記解說
　　發音記號為⓪
　　發音記號為①
　　發音記號為②
　　發音記號為③＆其他
　2 動畫發音練習

3.發音比較練習
　1 長母音
　2 促音
　3 國人較難分辨的發音
　　「た」與「だ」
　　「て」與「で」
　　「と」與「ど」
　　「す」與「つ」
　4 拗音
　5 急口令

4.精選常用會話
　1 數字：0～9
　　◎詢問對方的電話號碼
　　數字：10～億
　　◎金額練習
　　電話會話(1)打電話找田中先生...
　　電話會話(2)請對方回電...
　　電話會話(3)接聽電話...
　　電話會話(4)電話來了...
　2 問候用語：基礎篇
　　問候用語：實力增強篇(1)
　　問候用語：實力增強篇(2)
　　問候用語：實力增強篇(3)
　　問候用語：實力增強篇(4)
　3 自我介紹
　4 購物會話(1)
　　購物會話(2)
　5 數量詞：物品、樓層、人
　　機場、飯店用語(1)
　　機場、飯店、付帳(2)
　6 帶位、指示方向(1)
　　帶位、指示方向(2)

5.歌曲卡拉OK
　1 春天來了（演奏、教唱）
　2 四季之歌（演奏、教唱）

6.瀏覽日本網站
　1 休閒娛樂
　　旅遊
　　影視
　　運動
　　其他
　2 書籍
　3 報紙
　4 搜尋引擎

內文ＣＤ內容

頁碼	曲目	內　容
16～18	01	1.五十音聯想習字
62～63	02	2.日語發音要訣：1.日語發音表記解說
64～72	03	動畫發音練習 1.清音 2.濁音（3'40"）3.半濁音（5'33"） 4.拗音（6'12"）5.促音（7'47"）6.片假名（8'29"）
73～77	04	3.發音比較練習：1.長母音 2.促音（1'48"） 3.國人較難分辨的發音（3'09"）4.拗音（5'57"） 5.急口令（7'04"）
80～81	05	4.精選常用會話：數字唸法：0～9， 10～億（0'45"）
82～85	06	電話會話(1)～(4)
86～91	07	問候用語與自我介紹（3'51"）
92～93	08	購物會話
94	09	數量詞：物品、樓層（0'27"）、人（0'47"）
95～96	10	機場、飯店
97～98	11	帶位、指示方向
114	12、13	5.歌曲卡拉ＯＫ：春天來了（演奏、教唱）
115	14、15	四季之歌（演奏、教唱）

目 次

片假名聯想記憶法

問候用語

日語發音要訣

測驗

精選常用會話

附錄

想在電腦上運用日文時 (使用本書光碟時，不必先安裝日文)

歌曲卡拉OK

學前概念篇

　　歡迎大家來學日語！在學習之前大家都會想日語是怎樣的一種語言呢？對國內的人來說，日語可說是一種最不陌生的外國語了。以下先輕輕鬆鬆地介紹並建立學前的基本概念，使大家在學習之餘，也充實一點基本常識。

1．日語的語系

　　在整個世界裡，有各種民族，可以分為幾種語系，例如：文法構造、單字的性質很相近等，可分成一個族群。例如說，中文是每個字都有其意思，都可以獨立存在，因此歸屬成「孤立語系」；而日語因為每個單字後有使用一些「助詞」來構成文章，因此稱之「膠著語」。此外，如英文般單字本身會變化，同時如膠著語般語尾會變化者，可稱之為「屈折語」。

　　因此，有人依照上列特性，將日語分類為阿爾泰語系，類似蒙古語及韓國語等，但是至今尚未有定論。

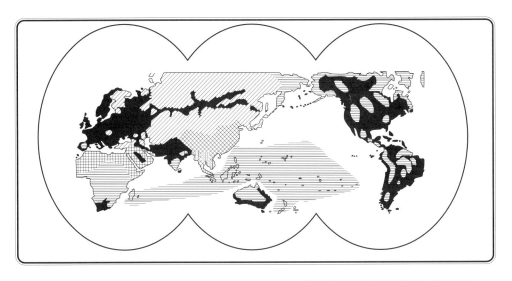

　　中國西藏語系:西藏語、尼泊爾語、中國語、泰國語。

　　阿爾泰語族: 芬蘭語、匈牙利語、土耳其語、蒙古語、日本語（？）、朝鮮語（？）
（？）：表示尚未證實。

　　薩姆、哈母語、阿及利亞語（伊拉克語）、希伯利亞（猶太語）、衣索比亞語、利比亞語。

　　印度、歐洲語族: 波斯（伊朗）語、羅馬尼亞語、印度語、俄語、捷克語、希臘語、義大利語、西班牙語、瑞典語、德語、英語等。

　　南亞洲語、牟達語，越南語、查姆語。

　　其他：馬來語、夏威夷土語、澳洲土語、非洲土語。

2 ・ 日語的發音

　　日語中因為只有 5 個母音，因此整體上發音並不難，日語都是以母音做為結尾，（單獨子音只有「ん」字，但是並不單獨使用，僅用於其它字母之後）同時每個音節長度大致相等，因此學習上，必須注意高低音及在哪裡換氣，有人說日文聽起來都段落分明，因此常常聽，較容易掌握訣竅。

3 ・ 日語的構成

　　　　　　　　日語由4部份構成：　1.　平假名
　　　　　　　　　　　　　　　　　2.　片假名
　　　　　　　　　　　　　　　　　3.　漢字
　　　　　　　　　　　　　　　　　4.　羅馬字

　　　　古時日本沒有文字，據考證當時「漢文」先傳入日本。而後，因為傳入的漢文沒有辦法表示當時日本人的語音，因此將「漢文」的字，取相近的發音來注音拼成日語，但是寫的時候覺得漢字筆劃太多，太麻煩，因此為了方便、求快，字體會愈寫愈圓，或是省略取其部首或是偏旁，而逐漸發展成平假名及片假名。而假名為何叫做「假名」？此乃因為日本古時候，將中國的漢字稱之為「真名」。

（１）假　名：由平假名及片假名構成，各有４６個字母，一般稱為５０音。
　　　　　　　要快速記憶假名，請參考後面「假名聯想記憶法」。

平假名：是由中國草書變來，因為圓滑流暢，因此，古時女性較喜歡使用，現在日本小學也是先從平假名開始學習。

片假名：由楷書的偏旁或是其中一部分變化而成。二次大戰前，除了漢字以外，學校、公式的文書都使用片假名，但現在多使用在外來語，感覺上較陽剛，古時男性及公式文書等，也都是使用片假名來注音。

◎字　形：平假名及片假名都各有４６個字母，大家可以對照次頁的表來比較一下有何不同。（本書所採用的日語字體為「教科書體」，是日本教科書或字典所採用的標準教學字體。）

（２)字源表：

平假名的由來：

安→あ→あ　以→い→い　宇→宇→う　衣→衣→え　於→お→お

W	R	Y	M	H	N	T	S	K	aiueo
わ	ら	や	ま	は	な	た	さ	か	あ
	り		み	ひ	に	ち	し	き	い
	る	ゆ	む	ふ	ぬ	つ	す	く	う
	れ		め	へ	ね	て	せ	け	え
を	ろ	よ	も	ほ	の	と	そ	こ	お
ん									

片假名的由來：

毛→モ→モ　利→利→リ　川→ツ→ツ　祢→祢→ネ　呂→呂→ロ

W	R	Y	M	H	N	T	S	K	aiueo
ワ	ラ	ヤ	マ	ハ	ナ	タ	サ	カ	ア
	リ		ミ	ヒ	ニ	チ	シ	キ	イ
	ル	ユ	ム	フ	ヌ	ツ	ス	ク	ウ
	レ		メ	ヘ	ネ	テ	セ	ケ	エ
ヲ	ロ	ヨ	モ	ホ	ノ	ト	ソ	コ	オ
ン									

◎ 書寫方式：

　　日文的書寫上可以橫寫也可以直寫，橫寫時是由左至右，由上而下；而直寫則是由右至左，與中文同。現在因為使用許多外來語及數字等，加上電腦及排版上處理較方便，因此橫寫也日漸普遍，但是書籍及報紙還是以直寫為多。

（3）漢字：

　　起源於中國，日語中常用漢字有1945個（1981年），但實際上人名及地名加起來超過5,000個。

　　現在電腦上稱「常用漢字ＪＩＳ第一水準漢字」有2,965字，「ＪＩＳ第二水準」有3,388字加起來，常用的大概有6,000字左右，要能夠完全閱讀日文最少也要能了解這5、6千個的漢字的讀法。

　　漢字寫法上需要注意與中文的傳統漢字常有不同。此外，也有日本人自己所發明的漢字，稱之為「國字」，你看過嗎？

① 中日文字比較：

中文	日語	中文	日語
著	着	寫	写
來	来	處	処
歸	帰	發	発
讀	読	實	実

② 日本的「國字」：

榊 ── 供獻給神的木枝
躾 ── 裝飾的使人更漂亮，更有禮貌
込 ── 進入
働 ── 人的勞動，工作

③ 有時中日文字相同，但意思卻不一樣：

告訴：中文是告知、通知的意思。日文則是控告、訴諸法律的意思。

取締：中文是限制或禁止不合規則的行為。日文除了中文的意思之外，還有
　　　監督、管理的意思。譬如：日本稱總經理為「代表取締役」。

經理：中文是公司上層幹部，部門負責人的名稱。日文則是僅表示處理財務
　　　職稱，如中文的財務部會計。

怪我：當國人赴日本看到「油斷一秒，怪我一生」就以為是汽油斷了一秒，
　　　就自責一輩子，而以為日本人這麼負責任。　在這裡日文中的「油斷」
　　　是指「不注意」、「大意」；「怪我」則是指「受傷」。而此整句
　　　的意思是「一秒的大意、負傷一生」。

下水：中文是有「內臟」「被拖下水」「買新布料，要記得要先下水」等的意思。
　　　日文中的「下水」則是「下水道，污水」的意思，因此你請日本朋友喝
　　　「下水湯」時，請別忘記告訴他一聲，免得誤會。

日語小常識

1．說日文的人有多少？
　　說日文的人口僅次於英語、中國語、西班牙語、法語、德語、阿拉伯語等並列為世
　　界的重要語文之一，因為日本的經濟實力世界上僅次於美國，因此現在海外學習日
　　文的人已超過 600 萬人。

2．學日文很難嗎？
　　日文的發音很容易，文法也很規則，也沒有太多的例外或特別變化，但是漢字的讀
　　寫，比較困難，但我們為漢字圈中的國家，因此用功一年，保證生活上的會話都可
　　以表達。

3．漢字的讀法：
　　日文中漢字有音讀與訓讀兩種讀法。譬如山這個字，音讀（中國傳去的讀法）唸做
　　「san」，而訓讀（日語中原來的唸法）唸做「yama」，因此讀寫時，漢字的唸法很
　　重要。此外一般書本上沒有注音，因此中級以上，需要充實日文漢字的讀法。
　　因為有的字有音讀也有訓讀，也有特別的唸法，因此學到中高級時需要加強漢字的
　　閱讀能力。

4・羅馬字：

　　下面假名旁的字母即是羅馬字，不是音標，同時表記上與實際發音在「Sa 行」及「Ta 行」有部分不同，請注意。羅馬字表記常使用在看板上表示車站、地名、廠牌名稱等，一般書籍上則不常使用，因為讀起來較慢，較難馬上理解。本書的羅馬字表記，是採用赫本式，有興趣在電腦上使用日文輸入法的朋友，可參考卷末的電腦輸入假名拼音一覽表。

地名・公司名		羅馬字表記
成田	なりた	NARITA
羽田	はねだ	HANEDA
新宿	しんじゅく	SHINJUKU
横浜	よこはま	YOKOHAMA

5・寫字前的暖身運動

　　日文寫法上可視為由下列線條構成的，請把握要點，茲例舉如下：

1・直線、橫線：

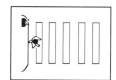 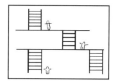 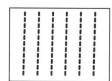 

2・斜線、平行線：

  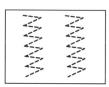 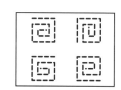

3・各種橢圓、小圓圈、曲線：

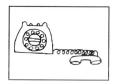  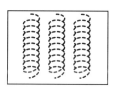 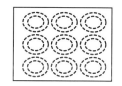

平假名與片假名的學習要領

　　前面提過平假名是由中國的草書變來，因此整體上圓滑流暢，而片假名則是楷書偏旁所變化而成，但因年代久遠往往已與今日中文的發音及字形已有很大的差異性。為此，我們精心研發了「假名聯想記憶法」及動畫CD-ROM、內文CD等，讓你輕輕鬆鬆地就能快速突破學習假名時的瓶頸，您不妨試試看。

　步驟：
　　①先記發音→②再利用聯想法記字→③習字→④利用光碟片練習。

　　雙光碟片內容，為了方便查閱，我們已親切地為您整理成一覽表，位於目次之前（第6頁），請參考。

　　在學習前，請先牢記5個母音「a i u e o」，再將左排的子音加上母音，把「a . Ka .Sa . Ta . Na .Ha . Ma . Ya .Ra . Wa」的音唸熟，即可使用推理，把50音表上的各音發出。

	母	音		
	a	i	u	e	o
k	ka	ki	ku	ke	ko
s	sa	shi （si）	su	se	so
t	ta	chi （ti）	tsu （tu）	te	to
n	na	ni	nu	ne	no
h	ha	hi	fu （hu）	he	ho
m	ma	mi	mu	me	mo
y	ya		yu		yo
r	ra	ri	ru	re	ro
w	wa				wo

k+ a = ka
s+ a = sa

注：單獨子音只有「ん」字，但是並不單獨使用，僅用於其它假名之後。
　　本書採取赫本式羅馬注音，附註括弧部分為日本文部省（教育部）所公布的訓令式表記。

15

CD-ROM

平仮名（ひらがな）

1. 清音（せいおん）

	a	i	u	e	o
a	あ a	い i	う u	え e	お o
k	か ka	き ki	く ku	け ke	こ ko
s	さ sa	し shi (si)	す su	せ se	そ so
t	た ta	ち chi (ti)	つ tsu (tu)	て te	と to
n	な na	に ni	ぬ nu	ね ne	の no
h	は ha	ひ hi	ふ fu (hu)	へ he	ほ ho
m	ま ma	み mi	む mu	め me	も mo
y	や ya		ゆ yu		よ yo
r	ら ra	り ri	る ru	れ re	ろ ro
w	わ wa				を wo
n	ん n				

16

2. 濁　音（だくおん）

CD-ROM

注：「が、ぎ、ぐ、げ、ご」，若在第二音節時，
　　會發成帶鼻音的「ŋa」「ŋi」「ŋu」「ŋe」「ŋo」

3. 半濁音（はんだくおん）

CD-ROM

4. 拗 音 （ようおん）

きゃ Kya	きゅ Kyu	きょ Kyo	ぎゃ gya	ぎゅ gyu	ぎょ gyo
しゃ sha	しゅ shu	しょ sho	じゃ ja	じゅ ju	じょ jo
ちゃ cha	ちゅ chu	ちょ cho			
にゃ nya	にゅ nyu	にょ nyo			
ひゃ hya	ひゅ hyu	ひょ hyo	びゃ bya	びゅ byu	びょ byo
みゃ mya	みゅ myu	みょ myo	ぴゃ pya	ぴゅ pyu	ぴょ pyo
りゃ rya	りゅ ryu	りょ ryo			

CD-ROM

1. 清　音（せいおん）

	a	i	u	e	o
a	ア a	イ i	ウ u	エ e	オ o
k	カ ka	キ ki	ク ku	ケ ke	コ ko
s	サ sa	シ shi (Si)	ス su	セ se	ソ so
t	タ ta	チ chi (ti)	ツ tsu (tu)	テ te	ト to
n	ナ na	ニ ni	ヌ nu	ネ ne	ノ no
h	ハ ha	ヒ hi	フ fu (hu)	ヘ he	ホ ho
m	マ ma	ミ mi	ム mu	メ me	モ mo
y	ヤ ya		ユ yu		ヨ yo
r	ラ ra	リ ri	ル ru	レ re	ロ ro
w	ワ wa				ヲ wo
n	ン n				

2．濁　音（だくおん）

ガ ga	ギ gi	グ gu	ゲ ge	ゴ go
ザ za	ジ ji（zi）	ズ zu	ゼ ze	ゾ zo
ダ da	ヂ ji（di）	ヅ zu（du）	デ de	ド do
バ ba	ビ bi	ブ bu	ベ be	ボ bo

注：「が、ぎ、ぐ、げ、ご」，若在第二音節時，會
　　發成帶鼻音的「ŋa」「ŋi」「ŋu」「ŋe」「ŋo」

3．半濁音（はんだくおん）

パ pa	ピ pi	プ pu	ペ pe	ポ po

4. 拗 音 （ようおん）

CD-ROM

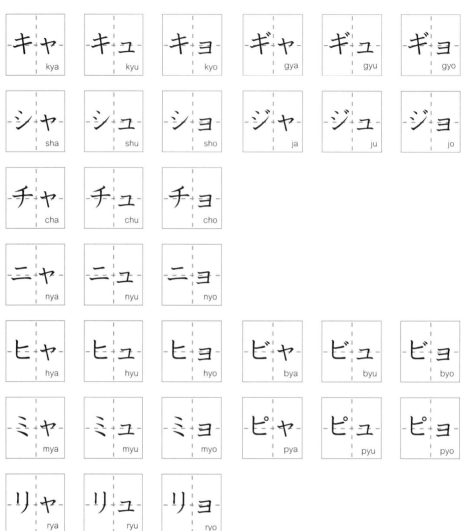

キャ kya	キュ kyu	キョ kyo	ギャ gya	ギュ gyu	ギョ gyo
シャ sha	シュ shu	ショ sho	ジャ ja	ジュ ju	ジョ jo
チャ cha	チュ chu	チョ cho			
ニャ nya	ニュ nyu	ニョ nyo			
ヒャ hya	ヒュ hyu	ヒョ hyo	ビャ bya	ビュ byu	ビョ byo
ミャ mya	ミュ myu	ミョ myo	ピャ pya	ピュ pyu	ピョ pyo
リャ rya	リュ ryu	リョ ryo			

字源	平仮名	羅馬發音
安	あ	a

あ　① ー　② ナ　③ あ　あ　あ

安 ⇒ あ，此乃從「安」變來的，寫快一點，「安」不就變成「あ」了。

字源	平仮名	羅馬發音
以	い	i

い　① い　② い　い　い　い

以 ⇒ い，此看起來也非常像，從「以」變到「い」。

字源	平仮名	羅馬發音
宇	う	u

う　① ゝ　② う　う　う　う

宇 ⇒ う，台語中的宇宙的「宇」就是唸「う」。記得「う」看起來很像鰻魚，而日本鰻魚就叫「unagi（うなぎ）」。

字源	平仮名	羅馬發音
衣	え	e

え　① ヽ　② ヲ　③ え　え　え

衣 ⇒ え，「え→e」，日語的「上」是唸「うえ」。到日本坐電梯時，可要聽得懂。

字源	平仮名	羅馬發音
於	お	o

お　① ー　② お　お　お　お

於 ⇒ お，看起來像柳橙，用英文的「orange」的「o」來記。

1.清　音：請依照筆劃順序練習

か	① つ	② カ	③ か	か	か	字源	平仮名	羅馬發音	か
						加	か	ka	

加 ⇒ か，由字源「加」變來的，把「加」字右邊的口改為一撇，就非常的好記。

き	① 一	② 二	③ キ	④ き	き	字源	平仮名	羅馬發音	き
						幾	き	ki	

幾 ⇒ き，這個字就是「kimochi」的「き」，口訣是：學幾何，兩條平行線，外加兩條斜平行線變成 ki。

く	① く	く	く	く	く	字源	平仮名	羅馬發音	く
						久	く	ku	

久 ⇒ く，一個人站「久」了，背都彎了。「く」著真辛苦。

け	① l	② l-	③ け	け	け	字源	平仮名	羅馬發音	け
						計	け	ke	

計 ⇒ け，計字寫草一點，就變成了「け」發音就如同英文的「k」。計字左邊「言」變成「l」，右邊變成「ナ」，發音則是「ke」。

こ	① つ	② こ	こ	こ	こ	字源	平仮名	羅馬發音	こ
						己	こ	ko	

己 ⇒ こ，看起來像「二」字，但是發 ko 的音。對自「己」很「ko」。

1.清　音：請依照筆劃順序練習

さ	①一	②さ	③さ	さ	さ	字源	平仮名	羅馬發音	さ
						左	さ	sa	
						左 ⇒ さ，此字很像一條船，「さしみ（沙西米）」的「さ」，就是此字。口訣：「坐船捕魚，吃沙西米」。			

し	①し	し	し	し	し	し	字源	平仮名	羅馬發音	し
							之	し	shi (si)	
							之 ⇒ し，剛才是坐船捕魚，現在是用「し」（鉤子）釣魚，釣上後吃「沙酉米」。			

す	①一	②す	す	す	す	字源	平仮名	羅馬發音	す
						寸	す	su	
						寸 ⇒ す，日本料理中，誰都知道的「寿司(すし)」的「す」，就是此「す」。中間有一個圓圈，跟「手捲」壽司很像哩。			

せ	①一	②ナ	③せ	せ	せ	字源	平仮名	羅馬發音	せ
						世	せ	se	
						世 ⇒ せ，音就如同台語的「世」，以後可不要被人偷偷的叫「阿せ」。			

そ	①そ	そ	そ	そ	そ	字源	平仮名	羅馬發音	そ
						曾	そ	so	
						曾 ⇒ そ，「曾」先生日語就叫做「so san」，看起來很像一個鳥頭。「そ」有另一種寫法「そ」，看你喜歡哪一種，兩種都有人使用。			

1.清　音：請依照筆劃順序練習

	①	②	③	④		字源	平仮名	羅馬發音	
た	ー	ナ	た	た	た	太	た	ta	た
						太 ⇒ た，章魚日文叫作「たこ」，是從太字變來的，因為發音很像，所以很好記，「太常吃たこ」。			

	①	②				字源	平仮名	羅馬發音	
ち	ー	ち	ち	ち	ち	知	ち	chi (ti)	ち
						知 ⇒ ち，發音跟中文的「七」相同。			

	①					字源	平仮名	羅馬發音	
つ	つ	つ	つ	つ	つ	川	つ	tsu (tu)	つ
						川 ⇒ つ，河川轉彎了，「つ」發「tsu」。			

	①					字源	平仮名	羅馬發音	
て	て	て	て	て	て	天	て	te	て
						天 ⇒ て，日本的「手」，就是叫「て(te)」，把手彎成「て」的形狀，試試看。			

	①	②				字源	平仮名	羅馬發音	
と	ゝ	と	と	と	と	止	と	to	と
						止 ⇒ と，就像寫「Y」時，向右轉，也像隻彈弓，打到東西時，發出「to」的聲音。			

1.清　音：請依照筆劃順序練習

な	① ー	② ナ	③ ナ	④ な	な	字源	平仮名	羅馬發音	な Bye!
						奈	な	na	

奈 ⇒ な，日語的再見怎麼說，「さようなら（沙呦奈拉）」。奈字寫快一點，就變成了「な」。在日本古都「奈良」說「bye！bye！」。

に	① し	② に	③ に	に	に	字源	平仮名	羅馬發音	に
						仁	に	ni	

仁 ⇒ に，日本「1，2」怎麼說「いち（ichi），二（ni）」，2就發「に」。
口訣：先寫直的「1」，再寫「二」。

ぬ	① い	② ぬ	ぬ	ぬ	ぬ	字源	平仮名	羅馬發音	ぬ
						奴	ぬ	nu	

奴 ⇒ ぬ，這跟中文寫法，幾乎一樣，唸「nu」。

ね	① 丨	② ね	ね	ね	ね	字源	平仮名	羅馬發音	
						袮	ね	ne	

袮 ⇒ ね，日文的「貓」叫做「ねこ」，寫起來很像，還有一隻尾巴，捲在那裡呢！

の	① の	の	の	の	の	字源	平仮名	羅馬發音	Nの
						乃	の	no	

乃 ⇒ の，這字90％以上的人都知道唸「の」。手卷就是用「のり（海苔）」來包，但我不喜歡吃「のり」，因此我說「no」。（唸輕一點）

1.清　音：請依照筆劃順序練習

は	① し	② し一は	は	は	字源	平仮名	羅馬發音	は
					波	は	ha	～～～
					波 ⇒ は，寫起來也像一條船，破「波」而行。			

ひ	① ひ	ひ	ひ	ひ	ひ	字源	平仮名	羅馬發音	ひ
						比	ひ	hi	
						比 ⇒ ひ，寫起來就像是英文草寫的小「ひ」，也很像個茄子。口訣：吃茄子「比」賽，得「v」。但吃多了，人很「虛（ひ）」。			

ふ	① ふ	② ふ	③ ふ	ふ	ふ	字源	平仮名	羅馬發音	ふ
						不	ふ	fu (hu)	
						不 ⇒ ふ，字形看起來非常接近，記得發音是「fu」。吃富士（fuji）蘋果，記得要買5爪的。			

へ	① へ	へ	⌃	⌃	⌃	⌃	字源	平仮名	羅馬發音	He！Taxi！
							部	へ	he	
							部 ⇒ へ，歐陽菲菲的「He！He！Taxi，你開往何處？」寫成日文就是「へ！へ！タクシー（他庫西）」。			

ほ	① し	② し一	③ し一に	④ ほ	ほ	字源	平仮名	羅馬發音	ほ
						保	ほ	ho	
						保 ⇒ ほ，日本罵人傻瓜是叫「a ho」，就是「阿保」（沒有人字旁）。也很像「は」但上面要加一個橫槓。			

1.清　音：請依照筆劃順序練習

ま	① 一	② 二	③ ま	ま	ま	字源	平仮名	羅馬發音	ま
						末	ま	ma	
						末 ⇒ ま，倒很像一個馬頭，日文「馬」就是唸「うま」（午馬）。			

み	① み	② み	み	み	み	字源	平仮名	羅馬發音	美
						美	み	mi	
						美 ⇒ み，由「美」的下半部變來，「美美」就是「みみ」。			

む	① 一	② む	③ む	む	む	字源	平仮名	羅馬發音	む
						武	む	mu	
						武 ⇒ む，很像一條蟲，日語的「虫」就叫「むし」。			

め	① ＼	② め	め	め	め	字源	平仮名	羅馬發音	め
						女	め	me	
						女 ⇒ め，很像眼睛，「阿妹（女）的眼睛很漂亮」。			

も	① し	② も	③ も	も	も	字源	平仮名	羅馬發音	も
						毛	も	mo	
						毛 ⇒ も，「毛」去掉上面的一撇，就很像「も」。桃太郎在日語中就說成「ももたろう」。			

1.清　音：請依照筆劃順序練習

や	①つ	②つや	③や	や	や	字源	平仮名	羅馬發音	や
						也	や	ya	

也 ⇒ や，這也很像「也」，記得唸「ya」。

ゆ	①い	②ゆ	③ゆ	ゆ	ゆ	字源	平仮名	羅馬發音	ゆき
						由	ゆ	yu	

由 ⇒ ゆ，這個字很有特色，但要練習一下。在日文的「優」就是唸「yu」，「雪」的日語是「ゆき (yuki)」，所以冬天生的女孩就取名「雪子」。

よ	①－	②よ	よ	よ	よ	字源	平仮名	羅馬發音	よ
						与	よ	yo	

与 ⇒ よ，很像key（鑰匙）的形狀，發yo的音，「よしのや」是什麼，答對了是「吉野家」，賣牛丼的。

重點整理

や、ゆ、よ，這三個字，在後面也會在拗音部份出現，但寫拗音時，記得寫的大小約為原來大小的1/2。

例如（拗音）：きゃ、しゃ、にゃ等⋯。

1.清　音：請依照筆劃順序練習

					字源	平仮名	羅馬發音	
ら	① ヽ	② ら	ら	ら	ら	良	ら	ra

良 ⇒ ら，發音就像「拉」，像不像拉麵，不像？發揮一點想像力吧！

					字源	平仮名	羅馬發音	
り	① ｌ	② り	り	り	り	利	り	ri

利 ⇒ り，中文字「利」的右邊，非常好記。

					字源	平仮名	羅馬發音	
る	① る	る	る	る	る	留	る	ru

留 ⇒ る，捲舌發「ru」，寫時下面要捲起來。給日本人猜一下「るらら」是什麼，是台灣兒語的洗澡「漉拉拉」。

					字源	平仮名	羅馬發音	
れ	① ｌ	② れ	れ	れ	れ	礼	れ	re

礼 ⇒ れ，看起來就像「礼」，唸「ㄌ」，有禮貌，得打個領帶，勒住脖子。

					字源	平仮名	羅馬發音	
ろ	① ろ	ろ	ろ	ろ	ろ	呂	ろ	ro

呂 ⇒ ろ，看起來口開開的。
口訣：雙口「呂」吃東西，給漏出來了。

1.清　音：請依照筆劃順序練習

わ	①	②	③			字源	平仮名	羅馬發音	
			わ	わ	わ	和	わ	wa	和

和 ⇒ わ，表上最後一個字，日語中的「我」，大家都知道是「わたし」，有禮貌的說法是「わたくし」，右邊可是圓的，可不要跟其他字搞混了。

ん	①					字源	平仮名	羅馬發音	
	ん	ん	ん	ん	ん	无	ん	n	ん

无 ⇒ ん，此字不會單獨出現，就像小寫英文的「n」，例：「てん」（天）、「らーめん」（拉麵）、「まん」（萬）。

を	①	②	③			字源	平仮名	羅馬發音	
	一	大	を	を	を	遠	を	wo	遠

遠 ⇒ を，發音跟「お」相同，僅用在助詞時。因為外型特殊，很容易辨認，不用急，等學到助詞時，會特別教。
例：日本語を勉強します。

複習用方塊：（難記的字，可寫在下面，方便複習）

CD-ROM

平假名書寫時的注意事項

◎ 容易寫錯的字母：

い 和 り：寫 " い " 時，右筆要比左筆小；而在寫 " り " 時，右筆要比左
筆長。

く 和 へ：" く " 的寫法相當於中文注音符號的 " く " ，寫時上下的筆劃
長度相等；而 " へ " 則相當於注音符號的 " ㄟ " ，寫右邊的筆
劃要斜長一點。

こ 和 い：" こ " 的上下兩筆劃幾乎是成平行線；而 " い " 的左右兩筆劃
則是略成斜的平行線。

さ 和 き：" さ " 只有一劃橫筆；而 " き " 則有兩劃。

し 和 つ：" し " 先寫直筆，然後寫一個弧形；而 " つ " 則先寫橫筆畫
，然後寫個弧形，與 " し " 的方向恰好相反。

て 和 へ：" て " 如果寫不正確，而寫成一筆小弧形的話，會很容易被認
錯為 " へ " 。例：【 ㄟ 】

こ 和 て：如果 " て " 的弧形寫得太大，將容易被認錯為 " こ " 。
例：【 乙 】

な 和 た：" な " 的最後一筆是成一圓圈；而 " た " 幾乎是成水平線。

ぬ 和 ね：這兩個字的不同在於左半邊。

ぬ 和 め：" ぬ " 的最後一筆是成一圓圈；而 " め " 則不同。

は 和 ほ：" は " 只有一筆橫劃；而 " ほ " 有兩劃。" は " 右邊的直線穿
過橫線並出頭；而 " ほ " 則不同。

ま 和 も：" ま " 的最後一筆是成一圓圈；而 " も " 則不同。這兩個字母
的弧形方向是相反的。

ま 和 よ："ま" 有兩筆橫劃，而且直筆劃要穿過兩筆橫劃，但"よ"只
　　　　有右邊一筆橫劃，而直劃向下往右成一圓圈。

ら 和 ろ："ら" 的第一劃要斜且短，不接垂直的第二劃。"ろ" 的筆劃
　　　　要全部連接起來，第一劃是橫線，第二劃要斜。

ら 和 う："ら" 的直劃如果寫得短的話，"ら" 將容易被認錯為 "う"

る 和 ろ：" る " 的最後一筆是成為一圓圈；而"ろ" 則是向下開口的。

れ 和 わ："れ " 的最後一筆向外彎；而"わ" 則是內彎不畫圈。

ね 和 わ："ね" 的最後一筆是成為一圓圈；而"わ" 則不同。

ん 和 し："ん " 的第一筆要斜，第二筆要成波浪形，而"し" 第一筆
　　　　是直後上翹的，並沒有波浪形。

◎相像而容易看錯的平假名：

請讀讀看下列的平假名字母 （先將橫著讀一遍，再嘗試直著讀。）

1.あ：お　　　　　　7.こ：て：そ
2.う：ら　　　　　　8.た：な
3.さ：き：ち：つ　　9.め：ぬ：ね：れ：わ
4.け：に：は：ほ　　10.よ：ま：も
5.す：む　　　　　　11.い：り
6.え：み　　　　　　12.る：ろ

2.濁　音： 發濁音時，你可以摸一下聲帶，可以感覺震動比較厲害，
　　　　　寫時只是清音上加上二點。

が					ga
					がくせい （學生）

ぎ					gi
					かぎ （鑰匙）

ぐ					gu
					かぐ （傢俱）

げ					ge
					げんき （元氣；身體好）

ご					go
					ごみ （垃圾）

2.濁　音： 發濁音時，你可以摸一下聲帶，可以感覺震動比較厲害，
　　　　　 寫時只是清音上加上二點。

ざ						za
						せいざ （星座）

じ						ji (zi)
						じてん （字典）

ず						zu
						きず （傷口）

ぜ						ze
						ぜんいん （全員）

ぞ						zo
						ぞう （大象）

35

2.濁　音： 發濁音時，你可以摸一下聲帶，可以感覺震動比較厲害，
　　　　　 寫時只是清音上加上二點。

だ					da
					だれ （誰）

ぢ					ji (di)
					ちぢむ （縮小）

づ					zu (du)
					つづく （繼續、尚有下集）

で					de
					でんき （電氣）

ど					do
					どうぞ （請）

2.濁　音：發濁音時，你可以摸一下聲帶，可以感覺震動比較厲害，
　　　　　寫時只是清音上加上二點。

ば					ba
					ばつ （錯誤）

び					bi
					びん （瓶子）

ぶ					bu
					ぶた （豬）

べ					be
					せんべい （煎餅）

ぼ					bo
					ぼうし （帽子）

3.半濁音：請依照筆劃順序練習

ぱ					pa
					ぱん
					(麵包)

ぴ					pi
					ぴんぽん
					(乒乓)

ぷ					pu
					さんぷん
					(3分)

ぺ					pe
					ぺらぺら
					(很流利)

ぽ					po
					ぽつぽつ
					(一點一點的)

4.拗　音：請依照筆劃順序練習　　　　（右邊的 ゃ・ゅ・ょ 約為 1/2）

きゃ kya	きゅ kyu	きょ kyo	→
しゃ sha (sya)	しゅ shu (syu)	しょ sho (syo)	→
ちゃ cha (cya)	ちゅ chu (cyu)	ちょ cho (cyo)	→
にゃ nya	にゅ nyu	にょ nyo	→
ひゃ hya	ひゅ hyu	ひょ hyo	→
みゃ mya	みゅ myu	みょ myo	→
りゃ rya	りゅ ryu	りょ ryo	→

（　）：內為訓令式羅馬音拼法

ぎゃ gya	ぎゅ gyu	ぎょ gyo	→
じゃ ja	じゅ ju	じょ jo	→
びゃ bya	びゅ byu	びょ byo	→

ぴゃ pya	ぴゅ pyu	ぴょ pyo	→

○ 拗音書寫時的注意事項：

拗音「きゃ」、「きゅ」、「きょ」等是發一拍的音，但寫法上「ゃ、ゅ、ょ」如上例般寫的較小，橫向書寫的較小而靠左下。直寫時如下例寫在右上角。

横寫：

し	ょ	う	ぼ	う	し	ょ
し	ゃ	し	ん			
ち	ゅ	う	し	ゃ		
び	ょ	う	い	ん		
ぎ	ゅ	う	に	ゅ	う	

練習：

直寫：

ぎゅうにゅう
しゃしん
びょういん
ちゅうしゃ
しょうぼうしょ

練習：

40

片假名聯想記憶法 　1.清　音：請依照筆劃順序練習

字源	片仮名	羅馬發音
阿	ア	a

ア ①ア ②ア ア ア ア

阿 ⇒ ア，此乃從「阿公」的「阿」變來的，再強調一次「阿」⇒「ア」。

字源	片仮名	羅馬發音
伊	イ	i

イ ①ノ ②イ イ イ イ

伊 ⇒ イ，此乃「伊」的「イ」所變來的，「伊」水佳人，在水「一」方。

字源	片仮名	羅馬發音
宇	ウ	u

ウ ①ゝ ②ゝ ③ウ ウ ウ

宇 ⇒ ウ，平假名為「う」把它寫方正一點，瞧「う」變「ウ」。只是多一點，有點一樣哩！從「宇」變來的。鰻魚上架，頭部被截成直的。好可憐！

字源	片仮名	羅馬發音
衣	エ	e

エ ①一 ②丁 ③エ エ エ

衣 ⇒ エ，此發音發成「A,B,C,D」的「A」，有人說A菜，日語就寫成"エ菜"，再多"エ"一點吧。另外也可想像成（A字特"エ"隊）。

字源	片仮名	羅馬發音
於	オ	o

オ ①一 ②ナ ③オ オ オ

於 ⇒ オ，此更容易記，橘子上這條「オ」叫什麼，很像橘子吧！橘子的英文叫什麼？對！「orange」此「オ」發「orange」的「o」。有橘子就發「オ」。

1.清　音：請依照筆劃順序練習

カ	①フ	②カ	カ	カ	カ

字源	片仮名	羅馬發音
加	カ	ka

カ

加 ⇒ カ，只要記得平假名「か」，那麼片假名兄弟「カ」，就更容易記。
「カ」⇒ ka。

キ	①一	②ニ	③キ	キ	キ

字源	片仮名	羅馬發音
幾	キ	ki

キ

幾 ⇒ キ，此也一樣，平假名是「き」，片假名則是「キ」。
口訣：「き(ki)」去了腳，還是「キ」。

ク	①ノ	②ク	ク	ク	ク

字源	片仮名	羅馬發音
久	ク	ku

ク

久 ⇒ ク，此字要訣為從「久」變來的，平假名是寫成「く」是「久」的右邊變來的，而片假名則是「久」的左邊，用台語唸一下，不就是唸成「ku」嗎？

ケ	①ノ	②ヶ	③ケ	ケ	ケ

字源	片仮名	羅馬發音
計	ケ	ke

ケ

計 ⇒ ケ，平假名是「け」變形一下即變成「ケ」，還看不出來嗎？「け」去掉出頭的話，這下可像了吧。
「け」⇒「ケ」

コ	①フ	②コ	コ	コ	コ

字源	片仮名	羅馬發音
己	コ	ko

コ

己 ⇒ コ，平假名是「こ」變形一下就變成「コ」，玩一個連連看的遊戲，將「こ」連成「コ」。順便一提，日語中：巧克力奶叫做【ココア（可可亞）】。

1.清　音：請依照筆劃順序練習

サ	①一	②十	③サ	サ	サ	サ

字源	片仮名	羅馬發音
散	サ	sa

散 ⇒ サ，此乃「散」的左上角的「サ」所變來的，橘逾淮變「枳」，大家是否有聽過呢？牛牽到北京，不要再當牛了喔，不然就要被「散（サ）」了。

シ	①丶	②丷	③シ	シ	シ	シ

字源	片仮名	羅馬發音
之	シ	shi (si)

之 ⇒ シ，此看起來像中文的三點水「シ」，有水下大雨那麼就會「淅（シ）哩嘩啦」，記起來了吧！

ス	①フ	②ス	ス	ス	ス	ス

字源	片仮名	羅馬發音
須	ス	su

須 ⇒ ス，此乃中文「須」變來的，如對小孩噓（須）一下，那小鬼的「尿尿」就「ス（嘶）」的一聲跑出來，不好記的話。那麼就多看一下「斯斯有三種」的電視廣告，上面有「ス」喔！

セ	①一	②セ	セ	セ	セ

字源	片仮名	羅馬發音
世	セ	se

世 ⇒ セ，孿生兄弟，平假名為「せ」、片假名為「セ」。有名的電動玩具廠商「SEGA」的日文就是「セガ」。此「せ」與此「セ」發音相同。

ソ	①丶	②ソ	ソ	ソ	ソ

字源	片仮名	羅馬發音
曾	ソ	so

曾 ⇒ ソ，平假名的「そ」有兩種寫法，一為「そ」一為「そ」，只要把「ソ」的下面擦了，就變成了「ソ」。再記不起來，那記著「二根頭髮」看起來很「ソ（S-P-P）」啦！

1.清　音：請依照筆劃順序練習

タ	① ノ	② ク	③ タ	タ	タ	字源	片仮名	羅馬發音	
						多	タ	ta	

多 ⇒ タ，此發音為「ta」。記得「夕陽西下，小鬼要吃多多（tata）」。

チ	① ノ	② 二	③ チ	チ	チ	字源	片仮名	羅馬發音	チチ結
						千	チ	chi (ti)	

千 ⇒ チ，字源是從「千」變來的，平假名是「ち」，也就是「きもち（kimochi）」的「ち」，片假名是「チ」，口訣：「心有千千結，kimochi 沒亮」。

ツ	① ノ	② ヽヽ	③ ツ	ツ	ツ	字源	片仮名	羅馬發音	
						川	ツ	tsu (tu)	

川 ⇒ ツ，字源為「川」，跟台語的「鬱卒」發音有點像，有了聯想法，讓你不再為片假名「ウツ」了。「人窮志短，馬瘦毛長」有三根毛的很「鬱－ツ」。

テ	① 一	② 二	③ テ	テ	テ	字源	片仮名	羅馬發音	天
						天	テ	te	

天 ⇒ テ，平假名為「て」（te），為「天」字變來的，但沒有「n」的音。好記吧！

ト	① ∣	② ト	ト	ト	ト	字源	片仮名	羅馬發音	
						止	ト	to	

止 ⇒ ト，小學老師在教小孩「10」這個數字時，說成「一根棒子打棒球」，那麼打到球後，發出了什麼聲音呢？「to」！對了，就是發這音，此外「TOYOTA」的「To」，也是此「ト」。

1.清 音：請依照筆劃順序練習

ナ	① 一	② ナ	ナ	ナ	ナ	字源	片仮名	羅馬發音	ナ
						奈	ナ	na	

奈 ⇒ ナ，這字真好記，只要記住平假名的「な」把裡面的東東去掉後，就是片假名的兄弟「ナ」了。
去掉之後，當然是「沙呦奈（na）啦」囉。

二	① 一	② 二	二	二	二	字源	片仮名	羅馬發音	仁
						仁	二	ni	

仁 ⇒ 二，將「仁」去掉左邊，就變成片假名「二」了。
「2」，日語的發音為「ni」，所以「二」不正是叫「ni」嗎？

ヌ	① フ	② ヌ	ヌ	ヌ	ヌ	字源	片仮名	羅馬發音	ヌ
						奴	ヌ	nu	

奴 ⇒ ヌ，將「奴」才的「奴」去掉女字，即叫「ヌ」，所以做人要有志氣，可不要當「ヌ」。日文中的「狗」叫做「イヌ」可真是「狗奴才」呢。

ネ	① 丶	② フ	③ ネ	④ ネ	ネ	字源	片仮名	羅馬發音	ネ
						祢	ネ	ne	

祢 ⇒ ネ，此字很像領帶，因此發「ne」的音。ネクタイ（領帶）。
日文中的貓兒叫做「ネコ（ne ko）」。
而兒語睡覺叫「ネネ（ねね）」。

ノ	① ノ	ノ	ノ	ノ	ノ	字源	片仮名	羅馬發音	ノ
						乃	ノ	no	

乃 ⇒ ノ，此字大家都會，叫做「の→ノ」是將蝌蚪（の）的尾巴變成「ノ」。

1.清　音：請依照筆劃順序練習

	字源	片仮名	羅馬發音	
ハ ① ノ ② ハ ハ ハ ハ	八	ハ	ha	ハ

八 ⇒ ハ，此為「八」字變來，口訣：是「哈」。八天沒吃肉，很「哈（ha）」！。此外日語中「8」則是說成「ハチ（はち）」。

	字源	片仮名	羅馬發音	
ヒ ① ー ② ヒ ヒ ヒ ヒ	比	ヒ	hi	比

比 ⇒ ヒ，發「hi」，不是英文的「high」，是很「ヒ」（虛），字源是從「比」變來的，如同台語中的「真虛」。口訣：「比賽之後，人真虛（ヒ）」。

	字源	片仮名	羅馬發音	
フ ① フ フ フ フ フ	不	フ	fu (hu)	フ

不 ⇒ フ，字源是從「不」而來，發「fu」的音。
口訣：有口「フ（福）」了，「不」要吃太多。

	字源	片仮名	羅馬發音	
へ ① へ へ へ へ へ	部	へ	he	へ

部 ⇒ へ，寫法幾乎與平假名一樣，沒有改變。
「へ（平假名）→ へ（片假名）」

	字源	片仮名	羅馬發音	
ホ ① ー ② ナ ③ オ ④ ホ ホ	保	ホ	ho	保

保 ⇒ ホ，字源為「保」變來的，發音為「ho」。
口訣：阿保去掉人的偏旁後，呆呆的看起來像「木」頭。

1.清　音：請依照筆劃順序練習

マ	①フ	②マ	マ	マ	マ	字源	片仮名	羅馬發音	勇
						末	マ	ma	
						末 ⇒ マ，此發音為「ma」。 口訣：「王媽媽真勇，敢殺雞」，把 「マ」讀成「媽」。 日語中，「馬」就叫做「ウマ（午馬）」。			

ミ	①丶	②丶	③三	ミ	ミ	字源	片仮名	羅馬發音	
						三	ミ	mi	
						三 ⇒ ミ，小貓的名字，最多叫什麼？ 答對了，叫「咪咪」。你沒看到有「三 根鬍鬚」的小貓，海內外都叫「ミミ（咪 咪）」。			

ム	①ㄥ	②ム	ム	ム	ム	字源	片仮名	羅馬發音	牟
						牟	ム	mu	
						牟 ⇒ ム，據說姓牟的人與「牛」有關， 因此古時日本人大概叫牟先生時，會叫 成「mu mu san」。 記住了吧！「ム」是 發「mu」，與「牛」有關喔！			

メ	①ノ	②メ	メ	メ	メ	字源	片仮名	羅馬發音	妹
						女	メ	me	
						女 ⇒ メ，此字源由「女」字變來的。 某位青春歌手的日文名字可寫成「アメ （阿妹）」你可猜得出是誰？日文中還是 糖果的意思哩！			

モ	①一	②二	③モ	モ	モ	字源	片仮名	羅馬發音	毛
						毛	モ	mo	
						毛 ⇒ モ，此「モ」與「毛」有異曲同 工之妙，給大家猜一個單字，日文桃子 怎麼說？不知道吧？「桃太郎（mo mo ta ro）」就是「モモ太郎」，桃子上有「毛」， 就對了。			

1.清　音：請依照筆劃順序練習

ヤ	①	② ヤ	ヤ	ヤ	ヤ	字源	片仮名	羅馬發音	ヤ
						也	ヤ	ya	
						也 ⇒ ヤ，字源為「也（ヤ）」變來的，發「ya」的音，「ya ma ha」的「ya（ヤ）」即為此字。日語中的「山」叫做「ヤマ（ya ma）」，住在「山下」的人叫做「ヤマシタ（ya ma shi ta）」。			

ユ	①	① ユ	ユ	ユ	ユ	字源	片仮名	羅馬發音	ユ
						由	ユ	yu	
						由 ⇒ ユ，此字長的很像飛碟的樣子，再看一下「ユ」，飛碟英文怎麼說，叫「UFO」。此字也是某個外星人到日本，遺留下來的字，所以發「ユ（yu）」。			

ヨ	①	② ヨ	③ ヨ	ヨ	ヨ	字源	片仮名	羅馬發音	ヨ
						与	ヨ	yo	
						与 ⇒ ヨ，此很像梳子，用髮油把頭髮梳的油油（yoyo）的（唸輕聲）。「ヨ」，也很像豬八戒的耙子，真「油（yo）！」。			

48

1.清　音：請依照筆劃順序練習

ラ	①一	②ラ	ラ	ラ	ラ	字源	片仮名	羅馬發音	良
						良	ラ	ra	
						良 ⇒ ラ，此字是由「良」演變而來的，發「ra」，下面很像一個船頭。 口訣：「一根橫棒放在船梁（良）上，船來ラ（啦）！」。			

リ	①丶	②リ	リ	リ	リ	字源	片仮名	羅馬發音	利
						利	リ	ri	
						利 ⇒ リ，此字是由「利」的右邊「リ」變來的，發音為「ri」，非常好記。			

ル	①丿	②ル	ル	ル	ル	字源	片仮名	羅馬發音	
						流	ル	ru	ル
						流 ⇒ ル，看起來很像人在跑「路」，發音為「ru」，聯想一下，就覺得簡單了。			

レ	①レ	レ	レ	レ	レ	字源	片仮名	羅馬發音	礼
						礼	レ	re	
						礼 ⇒ レ，外形像打勾的「勾」。有禮貌，就打「レ」。			

ロ	①丨	②冂	③ロ	ロ	ロ	字源	片仮名	羅馬發音	呂
						呂	ロ	ro	
						呂 ⇒ ロ，此發音「ro」和台語的「魯」的發音相同。 口訣：呂家的魯肉飯最好吃。			

49

1.清　音：請依照筆劃順序練習

ワ	①ワ	②ワ	ワ	ワ	ワ	字源	片仮名	羅馬發音	和
						和	ワ	wa	
						和 ⇒ ワ，是從「和」字變來的，發「wa」的音，這是表上最後一個字，「ワ（wa）！好不容易結束，大家辛苦了！」			

ン	①ヽ	②ン	ン	ン	ン	字源	片仮名	羅馬發音	
						尓	ン	n	
						尓 ⇒ ン，本身不會單獨出現，一定會跟其他片假名出現，發音如同英文中的「n（嗯）」。例如：日語的「王先生」也可說成「（ワンサン）・（wan san）」。			

注：片假名的「ヲ」幾乎不出現，因而在此省略。

複習用方塊：（難記的字，可寫在下面，方便複習）

┌─ 片假名的重要性： ─┐

　　　一般人總覺得片假名較難記，但是日語由於使用外來語的機會越來越多，如在服飾、汽車，餐飲等。最近，加上電腦在顯示時，因為片假名所需筆畫較少，所以在電動玩具或電腦上的螢幕顯示等，往往都使用大量的片假名。

　　　經過本書聯想法的提示，相信你已發現要記住兩種假名，可說是一點也不難哩。接下來，還可「行有餘力」的再加把勁，把發音都學得字正腔圓喔。

2.濁　音：請依照筆劃順序練習

（發長音時，橫寫會加條橫線 “—”，直寫則會加條直線 “｜”）

ガ					ga
					ガス （瓦斯） Gas

ギ					gi
					ギリシア （希臘） Graecia

グ					gu
					グレープ （葡萄） Grape

ゲ					ge
					ゲーム （遊戲） Game

ゴ					go
					ゴマ （芝麻）

2.濁　音：請依照筆劃順序練習

（發長音時，橫寫會加條橫線 "—"，直寫則會加條直線 "｜"）

ザ					za
					マ ザ ー （母親） Mother

ジ					zi(ji)
					ゴ ジ ラ （酷斯拉） Gojilla

ズ					zu
					シ ー ズ ン （季節） Season

ゼ					ze
					ゼ ロ Zero

ゾ					zo
					ゾ ー ン （地帶） Zone

2.濁　音：請依照筆劃順序練習

（發長音時，橫寫會加條橫線“ー”，直寫則會加條直線“｜”）

ダ					da		
					オーダー （命令） Order	1. ↓ 2. 3.	

チ					di(Ji)	
					チ （無外來語，現代日語已不使用此 字，發此音時，與「ジ」發音相同）	

ヅ					du(Zu)	
					ヅ （無外來語，現代日語已不使用此 字，發此音時，與「づ」發音相同）	

デ					de	
					デーリー （毎日） Daily	8月 30

ド					do	
					ドア （門） Door	

2.濁　音：請依照筆劃順序練習

（發長音時，橫寫會加條橫線 "─"，直寫則會加條直線 "｜"）

バ						ba
						バス （巴士） Bus

ビ						bi
						ビジネス （商業） Business

ブ						bu
						ブランド （牌子） Brand

ベ						be
						ベートーベン （貝多芬） Beethoven

ボ						bo
						ボール （球） Ball

3.半濁音：請依照筆劃順序練習

（發長音時，橫寫會加條橫線 "一" ，直寫則會加條直線 "｜"）

パ					pa
					パセリ （香菜）

ピ					pi
					ピータン （皮蛋）

プ					pu
					プロ （專業） Professional

ペ					pe
					ペン （筆） Pen

ポ					po
					ポスト （郵筒） Post

4.拗 音：請依照筆劃順序練習　（右邊的 ャ・ュ・ョ 約為1/2）

キャ kya	キュ kyu	キョ kyo	→
シャ sha (sya)	シュ shu (syu)	ショ sho (syo)	→
チャ cha (cya)	チュ chu (cyu)	チョ cho (cyo)	→
ニャ nya	ニュ nyu	ニョ nyo	→
ヒャ hya	ヒュ hyu	ヒョ hyo	→
ミャ mya	ミュ myu	ミョ myo	→
リャ rya	リュ ryu	リョ ryo	→

（　）：內為訓令式羅馬音拼法

ギャ gya	ギュ gyu	ギョ gyo	→
ジャ ja	ジュ ju	ジョ jo	→
ビャ bya	ビュ byu	ビョ byo	→

ピャ pya	ピュ pyu	ピョ pyo	→

○拗音書寫時的注意事項：

　　拗音「キャ」、「キュ」、「キョ」等是發一拍的音，但寫法上「ャ」「ュ」「ョ」如上面般寫的較小，橫向則書寫的較小而靠左下。直寫時如下例寫在右上角。

┌─ 橫寫：────────────────────────

練習：

キ	ッ	チ	ン			
チ	ェ	ッ	ク	イ	ン	
シ	ャ	ン	プ	ー		
ジ	ュ	ー	ス			
ピ	カ	チ	ュ	ウ		

┌─ 直寫：────────────────────────

練習：

ピ	ジ	シ	チ	キ
カ	ュ	ャ	ェ	ッ
チ	ー	ン	ッ	チ
ュ	ス	プ	ク	ン
ウ		ー	イ	
			ン	

57

問候用語（あいさつ言葉）

（早安）　おはようございます
　　　　　おはようございます

（再見）　　　さようなら
　　　　　　　さようなら

（午安）　　　こんにちは
　　　　　　　こんにちは

（那我不客氣、謝謝、我要吃了）
　　　　　　　いただきます

（晩安）　　　こんばんは
　　　　　　　こんばんは

（多謝款待、吃飽了）
　　　　　　ごちそうさまでした

（請休息了）　おやすみなさい
（晩安）　　　おやすみなさい

（謝謝）どうもありがとうございます
（不客氣）いいえ、どういたしまして

（我要出門了）　いってまいります
（請慢走）　　　いってらっしゃい

（我到家了）　ただいま
（歡迎回來）　おかえりなさい

（好久不見）　しばらくですね
（好久不見）　おひさしぶりですね

（近來好嗎）　　　　お元気ですか
（託你的福、很好）おかげさまで

日語小知識：

1)日本的發音：

　　日本因為地區的不同也有方言，而關西地區的發音與標準音的東京地方不太相同，自明治維新以後，由於教育、電視、廣播業的普及，現在以東京地方為標準音，大家也可以聽聽看NHK的新聞播音員，那是在日本公認的標準音。一般公開的場合、學校教育都使用東京標準音。但並不完全與真正的東京人「江戶子」所發的音相同，東京人發「　ひ　」的音會發成「　し　」。注意一下，就可以發覺；就像中文普通話與「京片子」的不同。

2) 日本的發音：

１‧東部式：東京為中心
２‧西部式：大阪、京都
３‧其它地區：
　　東北、九州等地

日語發音要訣

　　日語的發音，嚴格的說不像英文中有重音節的表示，而是以高低音來表示，只要有此概念，再配合本書的動畫光碟來按部就班地練習，就可以打下紮實的基礎。

　　前面的單字練習中，你一定發現單字上面怎麼畫著一條橫線或是折線呢？那就是日語的發音表記。接下來，我們將多年的教學經驗作了一個整理，只要了解規則，就能讓你發出一口標準的東京音。

　　為了讓讀者易於了解，我們在動畫螢幕上以音調及動畫球來表示發音的變化，並以教師易於教學的步驟，設計上依清音、濁音、半濁音、片假名的順序，並整合了連續播放、倒帶等機能，期能讓每一位讀者都能輕輕鬆鬆地上手。

　　經過此發音訓練，保證以後查字典或看到發音表記，都可直覺反射似的唸出正確的音調。請馬上使用光碟片，跟著練習看看！

● 學習步驟：

1. 了解發音表記的規則
2. 以動畫練習發音及單字
3. 比較發音的不同

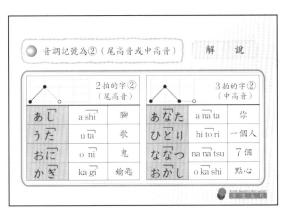

CD-ROM

日語發音表記解說

接下來我們介紹日語中發音及發音表記的讀法。簡單的說，日語的發音表記可分為平板音及起伏式兩種，而起伏式之中又有頭高音、中高音及尾高音。發音表記的表示方法有劃線及數字兩種。學會了以後，在查字典或唸單字時，都可馬上唸出標準的東京音！

● 音調記號為 ⓪（平板音）

第一拍發低音，第二拍發高音，而第三拍以後也發高音而不會下降。用線條表示時，在音調的部份標成橫棒，後接助詞時，音調也不會下降。

2拍的字 ⓪				3拍的字 ⓪		
した	shi ta	下面		たばこ	ta bako	香煙
いす	i su	椅子		さかな	sa kana	魚
うち	u chi	家		くるま	ku ruma	車
くち	ku chi	嘴		こども	ko domo	小孩

● 音調記號為 ①（頭高音）

只有第一拍會發高音，第二拍以後都發低音，而音調記號會表記成①，或○○ ，○○○ ，○○○○。簡單的說就是第一拍發高音，其他都發低音。「 ┐ 」表示在「 ┐╱ 」的部份音調會下降，一旦音調下降後，都是發低音。

2 拍的字 ①				3拍的字 ①		
あさ	a sa	早上		かぞく	ka zoku	家族
バス	ba su	巴士		カメラ	ka mera	照相機
たこ	ta ko	章魚		いくら	i kura	多少錢
えき	e ki	火車站		グラス	gu rasu	玻璃杯
かさ	ka sa	雨傘		もみじ	mo miji	紅葉

● 音調記號為 ② （尾高音或中高音）

　　第一拍會發低音，第二拍發高音之後，第三拍又下降發低音。音調表記會標成 ② ，或 ○○⌐ ， ○○○⌐ ，○○○○等。簡單的說：②就是僅第二拍唸高音，第一拍及第三拍以後都是發低音。

2 拍的字 ② （尾高音）		
あし	a shi	腳
うた	u ta	歌
おに	o ni	鬼
かぎ	ka gi	鑰匙

3 拍的字 ② （中高音）		
あなた	a na ta	你
ひとり	hi to ri	一個人
ななつ	na na tsu	7 個
おかし	o ka shi	點心

　　注：雖然音調與 ⓪ 相同，但後面接助詞或其他單字時，仍會維持低音。

● 音調記號為 ③

　　以此類推音調記號為③時，則 低・高・高・低（　　　）或為○○○⌐，○○○○⌐，○○○○○。
音調記號為 ④ 時，則為 低・高・高・高・低。（　　　）
音調記號為 ⑤ 時，則為 低・高・高・高・高・低。

● 其他

　　因此除了⓪與①以外，如果是ⓝ的表記，是表示從第二拍到 n 拍都是發高音，而第一拍及 n + 1 拍則是發低音。但要是 n ≧ 2；也就是說②③④以上的單字才成立。

　　現在大部份教科書都已用線來表示高低音，因此不用特別去記，就如同記不住卡拉OK歌詞的人，只要出現了字幕，就可以唱出歌詞般，大家只要基礎發音好，再了解線條高低所代表的意義，看到音調記號後，先自己發發看，再多聽及利用光碟片來校正發音即可。

ひらがな（平仮名）の練習：

1.清　音：せいおん　　（　）：內為中文

此練習為了熟悉日語的寫法與發音，請在空格內練字，並配合動畫光碟片練習：

CD-ROM

あいさつ （打招呼）	①	挨拶 aisatsu		
あし （腳）	②	足 ashi		
あさ （早上）	①	朝 asa		
いす （椅子）	⓪	椅子 isu		
うち （家）	⓪	家 uchi		
えき （車站）	①	駅 eki		
うえ （上面）	⓪	上 ue		
かお （臉）	⓪	顔 kao		
おかし （糖果・點心）	②	お菓子 okashi		
かさ （傘）	①	傘 kasa		
きこく （歸國）	⓪	帰国 kikoku		
きそく （規則）	②	規則 kisoku		
くし （梳子）	②	櫛 kushi		
いけ （池子）	②	池 ike		
ここ （這裡）	⓪	一 koko		
こえ （人聲）	①	声 koe		

ひらがな（平仮名）の練習：

すいか （西瓜）	⓪　一 　　suika			
すし （壽司）	②　寿司 　　sushi			
そこ （那裡）	⓪　一 　　soko			
あせ （汗）	①　汗 　　ase			
たけのこ （竹筍）	⓪　筍 　　takenoko			
たかい （貴）	②　高い 　　takai			
くつ （鞋子）	②　靴 　　kutsu			
て （手）	①　手 　　te			
となり （隔壁）	⓪　隣 　　tonari			
さかな （魚）	⓪　魚 　　sakana			
かに （蟹）	⓪　蟹 　　kani			
ねこ （貓）	①　猫 　　neko			
ちこく （遲到）	⓪　遅刻 　　chikoku			
のり （海苔）	②　海苔 　　nori			
はし （橋）	②　橋 　　hashi			
ひるま （中午・白天）	③　昼間 　　hiruma			

ひらがな（平仮名）の練習：

はる (春)	① 春 haru			
なつ (夏)	② 夏 natsu			
あき (秋)	① 秋 aki			
ふゆ (冬)	② 冬 fuyu			
へや (房間)	② 部屋 heya			
にもつ (行李)	① 荷物 nimotsu			
にほん (日本)	② 日本 nihon			
すき (喜歡)	② 好き suki			

注：本書採用赫本式羅馬字拼音，若字母「n」後面接「b」或「p」的話，前面「n」會變成「m」。
例如：nanban → namban　　enpitsu → empitsu

2.濁　音：だくおん

でんわ (電話)	⓪ 電話 denwa			
ばん (晩上)	⓪ 晩 ban			
なんばん (幾號)	① 何番 namban			
おみやげ (土産)	⓪ お土産 omiyage			
げんきん (現金)	③ 現金 genkin			
おねがい (拜託)	⓪ お願い onegai			
にほんご (日本語)	⓪ 日本語 nihongo			

ひらがな（平仮名）の練習：

ちず （地圖）	①	地図 chizu		
ください （給‥）	③	― kudasai		
みぎ （右）	⓪	右 migi		
ひだり （左）	⓪	左 hidari		
どなた （哪一位）	①	― donata		
はいざら （煙灰缸）	⓪	灰皿 haizara		
おしぼり （擦手濕巾）	②	― oshibori		
たばこ （香煙）	⓪	― tabako		
かばん （皮包）	⓪	鞄 kaban		
しんぶん （報紙）	⓪	新聞 shimbun		
てがみ （信）	⓪	手紙 tegami		
ごはん （飯・餐）	①	ご飯 gohan		
あじ （味道）	⓪	味 aji		

3.半濁音：はんだくおん

かんぱい （乾杯）	⓪	乾杯 kampai		
えんぴつ （鉛筆）	⓪	鉛筆 empitsu		

ひらがな（平仮名）の練習：

注：羅馬拼音上的橫棒「-」為發長音記號。

さんぽ （散歩）	⓪ 散歩 sampo		
てんぷら （天婦羅）	⓪ 天ぷら tempura		
でんぽう （電報）	⓪ 電報 dempō		
たいぺい （台北）	⓪ 台北 taipei		

4.拗　音：ようおん

かいしゃ （公司）	⓪ 会社 kaisha		
おきゃくさま （客人）	⑤ お客様 okyakusama		
きょねん （去年）	① 去年 kyonen		
しゅみ （興趣）	① 趣味 shumi		
しゃしん （照相）	⓪ 写真 shashin		
きゃくせき （客席）	⓪ 客席 kyakuseki		
しゅじん （丈夫）	① 主人 shujin		
さんびゃく （三百）	① 三百 sambyaku		
じしょ （辭典）	① 辞書 jisho		
きょうし （教師）	① 教師 kyōshi		
とうきょう （東京）	⓪ 東京 tōkyō		

68

ひらがな（平仮名）の練習：

注：羅馬拼音上的橫棒「-」為發長音記號。

こうちゃ （紅茶）	紅茶 ⓪ kōcha			
りょうり （料理）	料理 ① ryōri			
やきゅう （棒球）	野球 ⓪ yakyū			
しょうばい （生意）	商売 ① shōbai			
びょういん （醫院）	病院 ⓪ byōin			
ちゅうごく （中國）	中国 ① chūgoku			

5.促　音：そくおん：

注：促音的小「っ」不發音而表示停一拍，而羅馬拼音
表記上會在促音的字母部分重複下一個字母。

きって （郵票）	切手 ⓪ kitte			
けっこん （結婚）	結婚 ⓪ kekkon			
きっぷ （車票、票）	切符 ⓪ kippu			
ざっし （雜誌）	雑誌 ⓪ zasshi			
がっこう （學校）	学校 ⓪ gakkō			
いっぱく （一晚）	一泊 ⓪ ippaku			
ちょっと （一點點..）	一 ① chotto			

カタカナ（片仮名）の練習：

注：羅馬拼音上的横棒「-」為發長音記號。

アイスクリーム （冰淇淋）	aisukurīmu ⑤			
インド （印度）	indo ①			
ウイスキー （威士忌）	uisukī ③			
エレベーター （電梯）	erebētā ③			
オレンジ （橘子）	orenji ②			
カメラ （照相機）	kamera ①			
キッチン （廚房）	kicchin ①			
クリスマス （耶誕節）	kurisumasu ③			
サラダ （沙拉）	sarada ①			
ソファー （沙發）	sofā ①			
タクシー （計程車）	takushī ①			
クーラー （冷氣）	kūrā ①			
クレジットカード （信用卡）	kurejitto kādo ⑥			
テレビ （電視機）	terebi ①			
バイキング （自助餐）	baikingu ①			
ミルク （牛乳）	miruku ①			

カタカナ（片仮名）の練習：
注：羅馬拼音上的横棒「ー」為發長音記號。

ケーキ （蛋糕）	kēki ①			
コーヒー （咖啡）	kōhī ③			
ジュース （果汁）	jūsu ①			
レシート （收據）	reshīto ②			
メッセージ （留言）	messēji ①			
ナイフ （刀）	naifu ①			
フォーク （叉子）	fōku ①			
スプーン （湯匙）	supūn ②			
デザート （餐後甜點）	dezāto ②			
ビール （啤酒）	bīru ①			
プール （游泳池）	pūru ①			
フルーツ （水果）	furūtsu ②			
メニュー （菜單）	menyū ①			
チェックイン （check in, 住房登記）	chekkuin ③			
ディナー （晚餐）	dhinā ①			
ベルボーイ （行李員）	berubōi ④			

キャンセル （取消）	kyanseru ①			
シャンプー （洗髮精）	shampū ①			
リンス （潤髮乳）	rinsu ①			
スーツ （西裝）	sūtsu ①			
トランク （旅行用衣箱）	toranku ②			
スイッチ （開關）	suicchi ②			
ステーキ （牛排）	sutēki ②			
シャワー （淋浴）	shawā ①			
ロビー （大廳）	robī ①			
スカート （裙子）	sukāto ②			
バナナ （香蕉）	banana ①			
ワイン （葡萄酒）	wain ①			
クラブ （俱樂部）	kurabu ①			

片假名的特殊發音：

日語的片假名常用來表示外來語，為了接近原音也會使用小的「ァ、ィ、ェ、ォ」來拼讀，例如前面出現的「ソファー」、「フィルム」、「フォーク」等。想在電腦輸入特別發音時，請參考卷末附錄。

CD-ROM

發音比較練習

　　本篇是比較長母音及促音、拗音等，這一些都是針對國人易發不準的音及較難發的音，來做比較練習。

1·長母音：請聆聽光碟片，分辨有長母音與沒有長母音的區別。在發音時只要將音節接長一拍，一般是依下列規則來發音，而片假名在書寫長母音時用 " － " 來表示。

　　請分辨下列發音：

1· a. かど　　　（角落）
　　b. カード　　（卡片）

2· a. います　　（在）
　　b. いいます　（說）

3· a. す　　　　（醋）
　　b. すう　　　（數）

4· a. くつ　　　（鞋子）
　　b. くつう　　（痛苦）

5· a. いえ　　　（家）
　　b. いいえ　　（不是）

6· a. いっしょ　（一起）
　　b. いっしょう（一生）

7· a. へや　　　（房間）
　　b. へいや　　（原野）

8· a. め　　　　（眼睛）
　　b. めい　　　（姪子）

9· a. とり　　　（鳥）
　　b. とおり　　（大路）

10· a. よじ　　　（4點）
　　b. ようじ　　（幼兒）

11· a. おじさん　（叔叔、伯伯）
　　b. おじいさん（爺爺、祖父）

12· a. おばさん　（阿姨、姑姑）
　　b. おばあさん（奶奶、祖母）

2・促音：促音是在文中寫出一個較小的　" っ　" 或是 " ッ　"，而此字不
　　發音，是如同停一拍。我們可藉由光碟片上的發音來作分辨。

1・
　a. すっぱい　　（酸的）
　b. スパイ　　　（間諜）

6・
　a. かった　　　（贏了）
　b. かた　　　　（肩膀）

2・
　a. うった　　　（賣了）
　b. うた　　　　（歌曲）

7・
　a. かっこ　　　（括孤）
　b. かこ　　　　（過去）

3・
　a. いっち　　　（一致）
　b. いち　　　　（一）

8・
　a. じっかん　　（實感）
　b. じかん　　　（時間）

4・
　a. おっと　　　（夫）
　b. おと　　　　（聲音）

9・
　a. せっき　　　（石器）
　b. せき　　　　（咳嗽）

5・
　a. あっし　　　（壓死）
　b. あし　　　　（腳）

10・
　a. にっし　　　（日誌）
　b. にし　　　　（西）

3・國人較難分辨的發音：

3-1「た」與「だ」：此發音也較難分辨，請注意聆聽。

1・
　a. たいがく　　（退學）
　b. だいがく　　（大學）

4・
　a. かたい　　　（硬的）
　b. かだい　　　（課題）

2・
　a. たいきん　　（巨款）
　b. だいきん　　（代金）

5・
　a. じたい　　　（字體）
　b. じだい　　　（時代）

3・
　a. たんご　　　（單字）
　b. だんご　　　（糰子年糕）

3-2・「て」與「で」：請分辨一下清音「て」與濁音「で」的分別。

1・ a. てる　　　　（照耀）　4・ a. いてん　　　（移轉）
　　 b. でる　　　　（出來）　　　 b. いでん　　　（遺傳）

2・ a. てんき　　　（天氣）　5・ a. しんてん　　（進展）
　　 b. でんき　　　（電氣）　　　 b. しんでん　　（神殿）

3・ a. てんせん　　（點線）
　　 b. でんせん　　（電線）

3-3・「と」與「ど」：請注意分辨清音的「と」與濁音的「ど」。

1・ a. とういつ　　（統一）　4・ a. いと　　　　（線，意圖）
　　 b. どういつ　　（同一）　　　 b. いど　　　　（水井，緯度）

2・ a. とく　　　　（得）　　5・ a. さとう　　　（佐藤：姓）
　　 b. どく　　　　（毒）　　　　 b. さどう　　　（茶道）

3・ a. とる　　　　（拿取）
　　 b. ドル　　　　（美元）

3-4・「す」與「つ」：請分辨一下清音「す」與「つ」的分別。

1・ a. すいか　　　（西瓜）　4・ a. うす　　　　（石臼）
　　 b. ついか　　　（追加）　　　 b. うつ　　　　（打）

2・ a. すき　　　　（喜歡）　5・ a. バス　　　　（巴士）
　　 b. つき　　　　（月亮）　　　 b. ばつ　　　　（罰）

3・ a. たす　　　　（加上）
　　 b. たつ　　　　（站立）

4・拗音：請注意分辨「○ゅ」「○ょ」的發音。

1・a. き きゅう （氣球）
　　b. き きょう （返鄉）

5・a. ちゅうもく （注目）
　　b. ちょうもく （鳥眼）

2・a. じっしゅう （實習）
　　b. じっしょう （實證）

6・a. ちゅうしゅう （中秋）
　　b. ちょうしゅう （聽眾）

3・a. じしゅ （自主）
　　b. じしょ （字典）

7・a. ひゅうが （日向－地名）
　　b. ひょうが （冰河）

4・a. ちゅうもん （注文）
　　b. ちょうもん （弔問）

8・a. りゅう （龍）
　　b. りょう （量）

5・急口令：學到這，大家辛苦了！輕鬆一下，來練習一下急口令，剛開始
　　　　　可跟電腦動畫一起唸，做一下口部的體操。聽說ＮＨＫ的主播
　　　　　在播音前都要先練習一段，才不會吃螺絲。

CD-ROM

おやがめ　うえ　こがめ　こがめ　うえ　まごがめ
1.親亀の上に子亀、子亀の上に孫亀
(母龜上的子龜，子龜上的孫龜)

なまむぎ　なまごめ　なまたまご
2.生麦、生米、生卵
(生麥，生米，生雞蛋)

とのさま　ながばかま　わかどのさま　こながばかま
3.殿様の長袴、若殿様の小長袴
(老爺的長褲，少爺的小長褲)

4. 赤巻紙、黄巻紙、長巻紙
　　(紅色卷紙，黃色卷紙，長卷紙)

5. 坊主が屏風に上手に坊主の絵を書いた
　　(和尚在屏風上繪出了一幅出色和尚畫)

6. お前の前髪、下げ前髪
　　(你的額前的頭髮是瀏海的唷)

7. 隣の客は　よく柿食う客だ
　　(隔壁的客人是一位愛吃柿子的客人)

1. ひらがなテスト：平假名測驗

20個

	18. や	14. は	な	7. さ	2. あ
わ					
	り	み	11. に	ち	し	3. い
19. ゆ	15.	12.	9.	8. す	く	う
ん	れ	め	13. ね	て	5.	4.	1.
を	20.	17.	16. ほ	10. と	6. こ	お

2. 寫出平假名：

（1）okashi：＿＿＿＿＿＿＿　　　　（6）kaban：＿＿＿＿＿＿＿

（2）suika：＿＿＿＿＿＿＿　　　　（7）tabako：＿＿＿＿＿＿＿

（3）nori：　＿＿＿＿＿＿＿　　　　（8）kitte：＿＿＿＿＿＿＿

（4）denwa：＿＿＿＿＿＿＿　　　　（9）shashin：＿＿＿＿＿＿＿

（5）migi：＿＿＿＿＿＿＿　　　　（10）haru：＿＿＿＿＿＿＿

3. 寫出數字平假名：

（1）48：＿＿＿＿＿＿＿　　　　（6）　81：＿＿＿＿＿＿＿

（2）63：＿＿＿＿＿＿＿　　　　（7）　99：＿＿＿＿＿＿＿

（3）10：＿＿＿＿＿＿＿　　　　（8）　74：＿＿＿＿＿＿＿

（4）37：＿＿＿＿＿＿＿　　　　（9）　26：＿＿＿＿＿＿＿

（5）　5：＿＿＿＿＿＿＿　　　　（10）55：＿＿＿＿＿＿＿

1. カタカナ テスト：片假名測驗

20個

	18.		14.			6.		2.	
ワ	ヤ		ハ	ナ		サ		ア	
	リ		ミ		11. ニ	チ	シ		3. イ
	19. ユ		15.	12.	9.	7.	ス	ク	ウ
ン	レ		メ	13. ネ		8.	5.	4.	1.
ヲ	20.	17.	16. ホ		10. ト	ソ	コ	オ	

2. ひらがな→カタカナ（置換：平假名→片假名）

（1）くりすます：＿＿＿＿＿＿＿＿＿＿

（2）らじお：＿＿＿＿＿＿＿＿＿＿

（3）ないふ：＿＿＿＿＿＿＿＿＿＿

（4）ばなな：＿＿＿＿＿＿＿＿＿＿

（5）あめりか：＿＿＿＿＿＿＿＿＿＿

（6）てれび：＿＿＿＿＿＿＿＿＿＿

（7）とらんく：＿＿＿＿＿＿＿＿＿＿

（8）すいっち：＿＿＿＿＿＿＿＿＿＿

（9）あっぷる：＿＿＿＿＿＿＿＿＿＿

（10）おれんじ：＿＿＿＿＿＿＿＿＿＿

CD-ROM

1-1 數字：0~9

0：ゼロ、れい、（まる）
1：いち　　　　　6：ろく
2：に　　　　　　7：なな、しち
3：さん　　　　　8：はち
4：よん、し　　　9：きゅう、く
5：ご　　　　　　10：じゅう

◎ 詢問對方的電話號碼：

問：お電話番号は 何番でしょうか。
　　　でんわばんごう　なんばん
(請問您的電話號碼是幾號?)

答：私の電話番号は 2706‐0707 です。
　　わたし　でんわばんごう

(我的電話號碼是…)

按 下一組號碼 後，電腦會再用亂數顯示其他號碼，可先自己唸一次，
再按 發聲 聽一下正確發音。右頁的金額練習也相同。

10：じゅう　　　　　1,000：せん

30：さんじゅう　　　2,000：にせん

50：ごじゅう　　　★3,000：さんぜん

90：きゅうじゅう　　4,000：よんせん

　　　　　　　　　　5,000：ごせん

100：ひゃく　　　　6,000：ろくせん

200：にひゃく　　　7,000：ななせん

★300：さんびゃく　★8,000：はっせん

400：よんひゃく　　9,000：きゅうせん

500：ごひゃく

★600：ろっぴゃく　　万：まん

700：ななひゃく　　億：おく

★800：はっぴゃく　★：表特殊讀法

900：きゅうひゃく

◎ 金額練習

問：いくらですか。(多少錢?)

答：7,500円です。 (7,500圓日幣)

其他錢幣的單位 台幣：台湾元（たいわんげん）　美元：アメリカ（US）ドル

電話會話（1）打電話找田中先生

1. 先報自己的公司及大名：

THJC の張と申します。

2. 向對方問候・打招呼：
   一直都讓您照顧。　　いつもお世話になっております。
   一直都感謝您的照顧。　いつも ありがとうございます。

3. 拜託對方將電話轉接給所想要接的人：

我姓張。　　　　　私は 張と申します。

1. 如果可以接：　　田中様を お願いします。

2. 要轉接：
   請接營業部的　　営業部の田中様を
   田中先生。　　　　　　　　　　　お願いします。

4. 我想詢問有關於製品，　　製品について
   請幫我接負責的人。　　　お聞きしたいのですが、
   　　　　　　　　　　　　係の方を お願いいたします。

5. (說明要項；以重點說明之後）

6. 最後、致謝。　　　　　ありがとう ございました。
   拜託您了。　　　　　　どうぞ よろしく
   　　　　　　　　　　　　　　　お願い いたします。

失禮了。(掛電話時)　　失礼 いたします。

82

對方不在(請對方回電)

1. 我是 THJC 的張。　　　　私は THJC の張です。

2. 如果田中先生回來的話，　田中さんが 帰りましたら、
　 請給我回電。　　　　　　折り返し電話を
　　　　　　　　　　　　　お願い いたします。

3. 我的電話是：　　　　　　私の電話番号は

　　台北 02-2705-5848　　　台北 02-2705-5848 です。

4. 拜託了。　　　　　　　　よろしく お願いいたします。

1. 早安。　　　　　　　　おはよう ございます
2. 這裏是 THJC(公司名)：　　THJC で ございます。

3. 確認對方的公司名
　及大名：

　　您是 JCT 的　　　　　　JCT の田中様で
　　　　田中先生嗎？　　　　　いらっしゃいますね。

4. 打招呼：　　　　　　　　いつも お世話になっております。

5. 您找李課長嗎？　　　　　課長の李で ございますね。

6. 請稍等（我幫您接）　　少々 お待ちください。

7. 接電話的人：

　　讓您久等了，我是李…　お待たせ しました。李です。

　　每次都讓您照顧。　　　いつも お世話になっております。

　　田中先生近來可好？　　田中さん お元気ですか .....。

電話會話（4）電話來了，對方要找的人不在

1. 對不起。　　　　　　　　申し訳ございません。

　　不湊巧，　　　　　　　あいにく李は会議で
　　李因為開會，　　　　　席を はずしております。
　　離開位子

2. 告訴對方，
　　李先生的預定：　　　　李は 6 時頃 戻る予定です。

3. 請問對方的電話號碼：　　お電話番号は 何番でしょうか。

4. 對方說自己的名字：　　　（私は田中です...。
　　　　　　　　　　　　　電話番号は ...。）

5. 覆誦對方電話號碼　　　　田中さんの電話番号は
　　及姓名：　　　　　　　2706-0707 ですね。

　　我姓陳，我會轉達。　　私は チンです。

(將自己名字向對方報告　お伝え いたします。
　以示負責)

6. 失禮了。(掛電話時)　　　失礼 いたします。

85

2 問候用語：基礎篇

1. 早安。	おはようございます。
2. 午安。	こんにちは。
3. 晩安。	こんばんは。
4. 請休息。	お休_{やす}みなさい。
5. 最近好嗎?	お元気_{げんき}ですか。
我很好。	元気_{げんき}です。
6. 最近好嗎?	お元気_{げんき}ですか。
託您的福， 　我很好。	お蔭様_{かげさま}で、 元気_{げんき}です。

日語小解說

1. 「おはようございます」（早安）： 日本的公司或是服務業如果是晚上上班，進公司時也會說「おはようございます」（早安），此乃「早起的鳥，有蟲吃」，帶著一份朝氣迎接工作。
2. 「は」當助詞時，須發「wa」，後接主語的說明。
3. 「お元気_{げんき}ですか」語句中的「お」表示尊敬，因此回答「我很好」時，不用加「お」，直接回答「元気_{げんき}です」即可。
4. 「お元気_{げんき}ですか」的句尾「か」表示疑問，而日文的疑問句一般不加「？」，只使用「か」，而把尾音提高。

2 問候用語：實力增強篇（1）

1. 今天天氣很好。　　　きょうは いい天気ですね。
   是呀！　　　　　　　そうですね。

2. 今天很冷。　　　　　きょうは 寒いですね。
   真的很冷。　　　　　本当に 寒いですね。
   很熱／很悶熱。　　　あついですね／蒸しあついですね。
   很溫暖。　　　　　　あたたかいですね。

3. 這房間很舒適。　　　この部屋は 快適ですね。

4. 道謝。　　　　　　　どうも、ありがとうございます。
   不客氣，哪裡。　　　どういたしまして。

5. 請不用擔心。　　　　ご心配なく（気にしないで下さい）

6. 我要走了（待會兒再回來）行って来ます。
   好好的走（歡迎再回來）いって らっしゃい。

7. 我回來了。　　　　　ただいま。
   歡迎回來。　　　　　お帰りなさい。

日語小解說

　1.句尾的「ね」是用在徵求聽話者的同感，或同意對方所說的話時或加強語氣的語助詞。

　2.「高明的會話總是從天氣開始」，這些看起來平淡無奇的寒暄問候語，卻是日本社會所注重的禮儀，也是人際關係中最高明的通行證。

87

1. 對不起（借過） ちょっと すみません。
   失禮（借過、對不起） ちょっと 失礼します。
   對不起。 すみません。
   很對不起。 どうも すみません。
   感到非常抱歉。 申し訳 ございません。
   非常抱歉， ごめんなさい。
   請原諒我。 許して ください。

2. 請。 どうぞ。
   好呀。 いいですよ。けっこうですよ。
   當然好呀。 もちろん いいですよ。

3. 對不起。 すみません。
   請再說一次。 もう一度 言ってください。

4. 請用餐（飲料）。 どうぞ、召し上がってください。
   謝謝（那我要用了）。 いただきます。

5. 吃飽了。 ご馳走様でした。
   （謝謝您的招待）

   粗茶淡飯。 お粗末様でした。
   （沒有什麼可以招待的）

1. 好久不見：
   您還是老樣子嗎？　お変わり ありませんか。
   看起來很不錯呀！　お元気そうですね。

2. 拒絕：
   不行。　　　　　　すみません。ちょっと（だめです）
   不行。　　　　　　いいえ、残念です。（いけません）

3. 祝賀：
   恭喜。　　　　　　おめでとうございます。

4. 請求：
   請稍等。　　　　　少々 お待ちください。
   請等一下！　　　　ちょっと 待ってください。
   讓您久等了。　　　大変 お待たせ いたしました。

日語小解說

1.「残念です」也有「可惜」的意思。

2. 日語中不論是過新年、生日、結婚、入學、畢業、就業等時都使用「おめでとうございます」這句祝賀詞。

3.「少々お待ちください」要比「ちょっと待ってください」來的委婉有禮，有人會任意省略說成「ちょっと待て！」（命令形），這是非常不禮貌的說法。

4.「大変」是副詞，有「非常、很」的意思。「大変 忙しい」是「非常的忙」。

1. 請求對方：
   對不起，能否・・・　　　<ruby>恐<rt>おそ</rt></ruby>れいりますが……。
   對不起・・・　　　　　　すみませんが……。

2. 失陪了。　　　　　　　<ruby>失礼<rt>しつれい</rt></ruby>いたします。
   請先・・・　　　　　　　どうぞ、お<ruby>先<rt>さき</rt></ruby>に

3. 我先走了（我先用了）　お<ruby>先<rt>さき</rt></ruby>に、（<ruby>失礼<rt>しつれい</rt></ruby>いたします）

4. 請再光臨。　　　　　　また、お<ruby>越<rt>こ</rt></ruby>し<ruby>下<rt>くだ</rt></ruby>さい。

5. 辛苦了（對上司、同事）　お<ruby>疲<rt>つか</rt></ruby>れさまでした。

日語小解說

1.「<ruby>失礼<rt>しつれい</rt></ruby>いたします」可以用在進出房間、辦公室，或是打擾對方、離開等的場合。

2.「お<ruby>疲<rt>つか</rt></ruby>れ<ruby>様<rt>さま</rt></ruby>でした」為用於同事或對上司、客人的問候語。

　　另外「ご<ruby>苦労<rt>くろう</rt></ruby>さまでした」則是上對下，或一般人對工人、郵差、司機等為我們出勞力的人之問候語，不可用於身份地位比我們高的人。

3 自我介紹：

已認識的情形：

1. 好久不見了。　　　　　　お久しぶりですね。
　　好久不見了。　　　　　　しばらくですね。

不認識的情形：

2. 初次見面，我姓張。　　　初めまして、私は張と申します。
　　請多多指教。　　　　　　どうぞ、よろしく
　　　　　　　　　　　　　　お願いいたします。

　　初次見面，　　　　　　　初めまして、
　　我的名字叫做林大中。　　私の名前は林 大中です。
　　請多多指教。　　　　　　どうぞ よろしく。

3. 請多保重。　　　　　　　気を つけて（どうぞ、お元気で）
　　bye 了！　　　　　　　　じゃ、また。
　　再見。　　　　　　　　　さようなら、また 会いましょう。

日語小解說

1.「しばらくですね」的用語比較正式。

2.「初めまして」僅用於第一次見面。

3.「どうぞお元気で、また会いましょう」大部分是用於即將分別一段長時間，相當鄭重的告別，如同中文的後會有期。

4.「張と申します」是向對方報告「我姓張」的意思：為尊敬對方的說法。

4 購物會話(1)：

1. 歡迎光臨。 　　　　いらっしゃいませ。

2. 給我看一下。 　　　　<u>それ</u>を ちょっと 見^みせてください。

3. 對不起， 　　　　すみません、
　 那個多少錢？ 　　　　<u>それ</u>は いくらですか。

4. 給我這個。 　　　　<u>これ</u>を ください。

5. 可以用信用卡嗎? 　クレジットカードでも いいですか。

6. 給我帳單。 　　　　レシートを ください。

7. 請幫我包裝。 　　　　包装^{ほうそう}してください。

8. 有點貴。 　　　　ちょっと 高^{たか}いです。

日語小解説

1.「これ（近稱時使用）、それ（中稱）、あれ（遠稱）」是指示代名詞。

2. 疑問詞：「これは 何ですか」（這是什麼?）
　　　　　「それは 何ですか」（那是什麼?）
　　　　　「あれは 何ですか」（那個是什麼（更遠）?）
　回答：「それは 日本のPDAです」（那是日本的PDA）

4 購物會話(2)：

1. 可否算便宜一點。 すこし 安^{やす}く なりませんか。

2. 有大一點的嗎？ もっと <u>大^{おお}きいの</u>が ありますか。

3. 小的／新的 ちいさい／あたらしい

4. 對不起，賣完了。 すみません、売^うり切^きれです。

5. 可以打折嗎? 割^わり引^びきできますか。

6. 待會兒再來。 また 来^きます。
   （不買的托詞）

7. 謝謝。 どうも ありがとうございました。

8. 請再光臨。 また、お越^こしください。

日語小解說

1.「老板也要唸書?」：當你殺價時，如聽到老板說「勉強^{べんきょう}しますから 」，這不是表示老板要去唸書，而是他會再算便宜一點。「勉強」一語雙關，唸書很辛苦，要勉強自己，而「打折」對經營者的老板而言，大概也是件辛苦的差事吧？

2.「割^わり引^びき」(打折)，亦可以用外來語「ディスカウント」(Discount)。
此外，日本的低價格店有時也會用「ディスカウント ストア」或是「量販店^{りょうはんてん}」。

5 數量詞：物件、樓層、人數

東西・小的物品	樓　層	人
1個：ひとつ	1階：いっかい	1人：ひとり
2個：ふたつ	2階：にかい	2人：ふたり
3個：みっつ	3階：さんがい	3人：さんにん
4個：よっつ	4階：よんかい	4人：よにん
5個：いつつ	5階：ごかい	5人：ごにん
6個：むっつ	6階：ろっかい	6人：ろくにん
7個：ななつ	7階：ななかい	7人：ななにん
8個：やっつ	8階：はっかい	しちにん
9個：ここのつ	9階：きゅうかい	8人：はちにん
10個：どお	10階：じゅっかい	9人：きゅうにん
		10人：じゅうにん

疑問詞：

幾個？	幾樓？	幾個人？
いくつですか。	何階ですか。 (なんがい)	何人ですか。 (なんにん)

文法小解說

1. 4（よん）：後面接「人」時，「ん」的鼻音會省略，「4人（よにん）」，此外日語時間中的「四點」，也會唸成「4時（よじ）」。

2. 國人最喜歡的幸運數字是「66,88,99」等，日本人則最喜歡「7」(Lucky Seven)，而最討厭諧音的「4（死）9（苦、久）」。另外請猜猜看日本公司電話尾碼最多的數字是幾號？ 答案是「1」。為什麼？因為是「Number one！」叫我第一名！而日本餐廳也很少有9號桌。為什麼？因為不喜歡讓客人「天長地久」坐太久矣！

1. 護照給我看一下。　パスポートを 見^みせてください。

2. 請簽名。　　　　　こちらに、サインを してください。

3. 有預約嗎？　　　　予約^{よやく}してありますか。

4. 吸煙嗎？　　　　　たばこを お吸^すいになりますか。

5. 吸煙。　　　　　　はい、吸^すいます。

6. 不吸煙。　　　　　いいえ、吸^すいません。

7. 有幾個行李？　　　荷物^{にもつ}は いくつありますか。

8. 有３個。　　　　　<u>みっつ</u> あります。

文法小解說

1. 「こちら」比「ここ」來得委婉有禮，也有指示方向的意思。
「こちら」：這邊（近稱），「そちら」：那邊（中稱），「あちら」：那一邊（遠稱）。

2. 「お吸^すいになります」是日語「吸^すいます」的尊敬語。日語中有敬語的用法，其中主語為對方的尊敬語就像中文中的「您」「貴公司」，也有主語為己方的謙讓語如同中文中的「寒舍」「小犬」等，其他還有對物品禮貌的說法。例如：「お金^{かね}」（錢）、「お名前^{なまえ}」（大名）、「お弁当^{べんとう}」（御便當）等不勝枚舉，但有時候可不要亂加，例如說把啤酒說成「おビール」的話，人家可能會懷疑你的日語是從「林森北路大學」學來的。

1. Check in 是幾點？ チェックインは 何時_{なんじ}ですか。

2. 麻煩 Check Out。 チェックアウトを お願_{ねが}いします。

3. 對不起， すみませんが
　 麻煩拿過來。 これを 持_もってきてください。

4. 能否寄行李。 荷物_{にもつ}を 預_{あず}かって もらえますか。

5. 全部是 7,500 圓日幣。 全部_{ぜんぶ}で 7,500 円_{えん}です。

6. 收您一萬日幣。 1万円_{まんえん} お預_{あず}かり いたします。

7. 找您 2,500 圓。 2,500 円_{えん}の お返_{かえ}しです。

8. 謝謝。 どうも ありがとうございました。

日語小解說

1.「お願_{ねが}いします」有拜託、麻煩他人的意思。
　 其中「お願_{ねが}いします」的發音，因為「お願_{ねが}い」的「ga」會發鼻音，請注意傾
　 聽 CD-ROM 上之發音。「給我咖啡」也可說成「コーヒーを お願_{ねが}いします」。

6 帶位・指示方向(1)：

1. 您是哪一位？　　　　どちら様^{さま}ですか。

1. 您是哪一位？　　　　どちら様ですか。

2. 房間號碼是幾號？　　お部屋^{へや}は 何番^{なんばん}でしょうか。

3. 有幾位？　　　　　　何名様^{なんめいさま}でしょうか。

4. 我來帶位。　　　　　ご案内^{あんない}いたします。

5. 請走這邊。　　　　　<u>こちらへ</u> どうぞ。

6. 請在這兒稍等。　　　<u>こちらで</u> 少々^{しょうしょう} お待^まち ください。

7. 請坐。　　　　　　　どうぞ、お掛^かけ ください。

8. （喝）茶好嗎？　　　お茶^{ちゃ}は いかがですか。

日語小解說

1. 疑問詞：「どちら様^{さま}ですか。」商業上常用，也較客氣。其他請教對方大名的疑問詞尚有「どなたですか。」、「お名前^{なまえ}は？」、「誰^{だれ}ですか。」等的用法。

2. 日本文化中對於公司的「倒茶、帶位」甚至「上、下電梯」等的動作細節都非常講究也是一門學問，如果客人來時，連一杯茶都沒有端出來，會被說成「無茶苦茶」（^{むちゃくちゃ}）（亂七八糟，連倒茶沏茶的規矩都不懂）；這種源自於茶道的「一期一會」的想法，仍深植於日本人心中。因此如何待客及有關公司禮儀，及吃日本料理等時的注意事項，可參考漢思出版的日本系列『公司禮儀與溝通』與『日本料理完全手冊』，可讓你了解日本待客禮儀及日本文化的側面。學習日語時，如能多了解日本文化，那可說是一石二鳥，不但可以加深應用能力與學習興趣之外，且能加快學習的速度。

6 帶位‧指示方向 (2)：

1. 請向右轉。
右へ 曲ってください。
（みぎ）（まが）

2. 請向左轉。
左へ 曲ってください。
（ひだり）（まが）

3. 走到底，在右邊。
突き当たって、右に あります。
（つ）（あ）（みぎ）

4. 電話在這邊。
電話は こちらです。
（でんわ）

5. 洗手間在那邊。
お手洗いは そちらです。
（てあら）

6. 電梯在這那邊（較遠）
エレベーターは あちらです。

7. 會日語嗎？
日本語が わかりますか。
（にほんご）

8. 會一點。
少し わかります。
（すこ）

附録1：日本の地図：1都 1道 1府 43県

1 都：東京都
1 道：北海道
2 府：京都府、大阪府
43 県

01 北海道	02 青森県	03 岩手県	04 宮城県	05 秋田県
06 山形県	07 福島県	08 茨城県	09 栃木県	10 群馬県
11 埼玉県	12 千葉県	13 東京都	14 神奈川県	15 新潟県
16 富山県	17 石川県	18 福井県	19 山梨県	20 長野県
21 岐阜県	22 静岡県	23 愛知県	24 三重県	25 滋賀県
26 京都府	27 大阪府	28 兵庫県	29 奈良県	30 和歌山県
31 鳥取県	32 島根県	33 岡山県	34 広島県	35 山口県
36 徳島県	37 香川県	38 愛媛県	39 高知県	40 福岡県
41 佐賀県	42 長崎県	43 熊本県	44 大分県	45 宮崎県
46 鹿児島県	47 沖縄県			

❶ 北海道地方

❷ 東北地方

❸ 関東地方

❹ 中部地方

❺ 近畿地方

❻ 中国地方

❼ 四国地方

❽ 九州地方

附錄—1　　中國人的百家姓（筆劃順序）

二劃：　丁(てい)　卜(ぼく)

三劃：　于(う)

四劃：　王(おう)　孔(こう)　方(ほう)　仇(きゅう)　尤(ゆう)　牛(ぎゅう)　水(すい)　戈(か)　尹(いん)　卞(べん)　毛(もう)

五劃：　史(し)　石(せき)　古(こ)　左(さ)　白(はく)　包(ほう)　申(しん)　田(でん)

六劃：　朱(しゅ)　年(ねん)　任(にん)　伍(ご)　牟(む)　江(こう)　向(こう)　吉(きち)　成(せい)　匡(きょう)

七劃：　吳(ご)　何(か)　沈(ちん)　宋(そう)　杜(と)　李(り)　汪(おう)　阮(がん)　沙(さ)　車(しゃ)　岑(しん)　狄(てき)
　　　　但(たん)　巫(ふ)　辛(しん)　全(ぜん)　呂(ろ)　冷(れい)　紹(しょう)

八劃：　林(りん)　周(しゅう)　金(きん)　季(き)　易(い)　竺(じく)　邱(きゅう)　杭(こう)　岳(がく)　居(きょ)　符(ふ)　武(ぶ)
　　　　孟(もう)　門(もん)　郎(ろう)　郁(いく)　官(かん)

九劃：　柳(りゅう)　胡(こ)　范(はん)　姚(よう)　姜(きょう)　相(そう)　韋(い)　侯(こう)　祝(しゅく)　洪(こう)　查(さ)　施(し)

十劃：　徐(じょ)　陳(ちん)　孫(そん)　唐(とう)　陸(りく)　倪(げい)　袁(えん)　馬(ば)　殷(いん)　翁(おう)　晏(あん)　高(こう)
　　　　夏(か)　耿(こう)　荀(じゅん)　秦(しん)　都(と)　師(し)　郝(かく)　島(とう)

十一劃：　陶(とう)　張(ちょう)　郭(かく)　粘(ねん)　許(きょ)　康(こう)　強(きょう)　曹(そう)　莊(そう)　梁(りょう)　畢(ひつ)　戚(せき)
　　　　　梅(ばい)　莫(ばく)　章(しょう)　商(しょう)　連(れん)　凌(りょう)

十二劃：黄（こう）馮（ひょう）賀（が）程（てい）湯（とう）隋（ずい）焦（しょう）盛（せい）喬（きょう）華（か）曾（そう）項（こう）

温（おん）游（ゆう）傅（ふ）舒（しょ）鄒（すう）惲（うん）勞（ろう）喻（ゆ）閔（びん）費（ひ）彭（ほう）童（どう）

屠（と）

十三劃：詹（せん）董（とう）萬（まん）葉（よう）葛（かつ）賈（こ）虞（く）裘（きゅ）路（ろ）楊（よう）雷（らい）寧（ねい）

十四劃：趙（ちょう）斐（はい）熊（ゆう）褚（ちょ）管（かん）赫（かく）榮（えい）蓋（がい）穆（ばく）廖（りょう）

十五劃：蔣（しょう）蔡（さい）鄭（てい）鄧（とう）衛（えい）齊（さい）臧（ぞう）滕（とう）潘（はん）劉（りゅう）樊（はん）樂（らく）

談（だん）魯（ろ）黎（れい）

十六劃：錢（せん）閻（えん）盧（ろ）蕭（しょう）歐（おう）

十七劃：薛（せつ）謝（しゃ）繆（びょう）歸（き）龍（りゅう）濮（ぼく）魏（ぎ）鍾（しょう）戴（たい）儲（ちょ）簡（かん）關（かん）

十八劃：韓（かん）豐（ほう）瞿（く）聶（しょう）

十九劃：顧（こ）譚（たん）羅（ら）龐（ほう）藍（らん）蘭（らん）

二十劃：鐘（しょう）蘇（そ）鐢（ばん）

二十一劃：酈（れい）

二十三劃：龔（きょう）

（複　姓）司馬（しま）　司徒（しと）　上官（じょうかん）　歐陽（おうよう）　諸葛（しょかつ）　端木（たんぼく）

附錄－2　日本人的百家姓（筆畫順序）

二劃： 二宮（にのみや）　人見（ひとみ）　八木（やぎ）　八田（はった）

三劃：

三木（みき）	三宅（みやけ）	三井（みつい）	三上（みかみ）	三島（みしま）	三浦（みうら）	三谷（みたに）	三原（みはら）
大島（おおしま）	大山（おおやま）	大倉（おおくら）	大林（おおばやし）	大岡（おおおか）	大井（おおい）	大竹（おおたけ）	大野（おおの）
大石（おおいし）	大塚（おおつか）	大田（おおた）	大川（おおかわ）	大村（おおむら）	大原（おおはら）	大平（おおひら）	大森（おおもり）
大西（おおにし）	大久保（おおくぼ）	小野田（おのだ）	大河内（おおこうち）	小笠原（おがさわら）	小野（おの）	小坂（こさか）	小林（こばやし）
小山（こやま）	小泉（こいずみ）	小池（こいけ）	小西（こにし）	小出（こいで）	小松（こまつ）	小島（こじま）	小平（こだいら）
小沢（おざわ）	小淵（こぶち）	小宮（こみや）	小柳（こやなぎ）	小川（おがわ）	小谷（こたに）		
山田（やまだ）	山本（やまもと）	山中（やまなか）	山下（やました）	山内（やまうち）	山口（やまぐち）	山崎（やまざき）	
川村（かわむら）	川辺（かわべ）	川上（かわかみ）	川崎（かわさき）				
上野（うえの）	上田（うえだ）	上原（うえはら）	上村（うえむら）				
下田（しもだ）	下村（しもむら）	土井（どい）	土屋（つちや）	土橋（どばし）	久米（くめ）	久保（くぼ）	久保田（くぼた）
千葉（ちば）	工藤（くどう）	丸山（まるやま）	丸茂（まるも）	乃木（のぎ）			

四劃：

中山（なかやま）	中村（なかむら）	中島（なかじま）	中田（なかだ）	中西（なかにし）	中里（なかざと）	中尾（なかお）	中沢（なかざわ）
天野（あまの）	木戸（きど）	木原（きはら）	木村（きむら）	木内（きうち）	木下（きのした）	日下（くさか）	日高（ひだか）
今井（いまい）	今泉（いまいずみ）	井川（いがわ）	井上（いのうえ）	井出（いで）	水上（みずかみ）	水谷（みずたに）	水野（みずの）
水口（みずぐち）	水田（みずた）	片山（かたやま）	片岡（かたおか）	片桐（かたぎり）	内田（うちだ）	内海（うつみ）	内山（うちやま）
内藤（ないとう）	手島（てしま）	手塚（てづか）	戸田（とだ）	五十嵐（いがらし）	丹羽（にわ）	不破（ふわ）	太田（おおた）

五劃：

田中（たなか）	田辺（たなべ）	田島（たじま）	田代（たしろ）	田村（たむら）	田川（たがわ）	田沢（たざわ）	石田（いしだ）
石川（いしかわ）	石本（いしもと）	石野（いしの）	石橋（いしばし）	石原（いしはら）	石井（いしい）		
本田（ほんだ）	本多（ほんだ）	本庄（ほんじょう）	本間（ほんま）	市川（いちかわ）	加賀（かが）		

注：日本姓氏有時會有不同的唸法。

五劃：
（續）

加藤（かとう）　加瀬（かせ）　北川（きたがわ）　北条（ほうじょう）　北沢（きたざわ）　北山（きたやま）　平岡（ひらおか）　平野（ひらの）

平井（ひらい）　平林（ひらばやし）　平尾（ひらお）　平泉（ひらいずみ）　永井（ながい）　永田（ながた）　永野（ながの）　永山（ながやま）

古川（ふるかわ）　古谷（ふるや）　古田（ふるた）　古賀（こが）　矢田（やだ）　矢島（やじま）　矢野（やの）　布施（ふせ）

白井（しらい）　白浜（しらはま）　白木（しらき）　正木（まさき）　由利（ゆり）　生田（いくた）　玉置（たまおき）　玉置（たまき）

占部（うらべ）　立川（たちかわ）　目黒（めぐろ）

六劃：

有田（ありた）　有馬（ありま）　有吉（ありよし）　吉田（よしだ）　吉川（よしかわ）　吉沢（よしざわ）　吉原（よしはら）　吉岡（よしおか）

吉井（よしい）　江川（えがわ）　江藤（えとう）　江木（えぎ）　江尻（えじり）　江口（えぐち）　江田（えだ）　江崎（えざき）

伊藤（いとう）　伊東（いとう）　伊沢（いざわ）　伊丹（いたみ）　西村（にしむら）　西岡（にしおか）　西田（にしだ）　西郷（さいごう）

西条（さいじょう）　西川（にしかわ）　西山（にしやま）　西尾（にしお）　寺中（てらなか）　寺田（てらだ）　寺島（てらしま）　寺内（てらうち）

寺本（てらもと）　竹入（たけいり）　竹内（たけうち）　竹中（たけなか）　竹下（たけした）　竹田（たけだ）　竹本（たけもと）　竹村（たけむら）

安藤（あんどう）　安西（あんざい）　安達（あだち）　安田（やすだ）　安井（やすい）　安永（やすなが）　安倍（あべ）　安部（あべ）

池田（いけだ）　宇野（うの）　宇田（うだ）　宇都宮（うつのみや）　宇佐美（うさみ）

米田（よねだ）　米山（よねやま）　米倉（よねくら）　米原（よねはら）　成田（なりた）　成瀬（なるせ）

早川（はやかわ）　伏見（ふしみ）　多田（ただ）　向井（むかい）　守屋（もりや）　那須（なす）　衣笠（きぬがさ）

七劃：

佐山（さやま）　佐田（さだ）　佐川（さがわ）　佐野（さの）　佐久間（さくま）　佐々木（ささき）　佐藤（さとう）　赤坂（あかさか）

赤塚（あかつか）　村山（むらやま）　村上（むらかみ）　村田（むらた）　村井（むらい）　村岡（むらおか）　村尾（むらお）　坂本（さかもと）

坂口（さかぐち）　坂井（さかい）　近藤（こんどう）　近江（おうみ）　谷口（たにぐち）　谷川（たにがわ）　谷（たに）　谷田（たにだ）

杉本（すぎもと）　杉山（すぎやま）　杉田（すぎた）　杉原（すぎはら）　尾上（おがみ）　尾崎（おざき）　志賀（しが）　志村（しむら）

足立（あだち）　沖（おき）　阿部（あべ）　君島（きみしま）　住田（すみだ）　里見（さとみ）　吾妻（あずま）

八劃：

松本（まつもと）　松田（まつだ）　松井（まつい）　松村（まつむら）　松永（まつなが）　松浦（まつうら）　松下（まつした）　河上（かわかみ）

河合（かわい）　河井（かわい）　河西（かさい）　河本（かわもと）　河村（かわむら）　岩田（いわた）　岩本（いわもと）　長尾（ながお）

長崎（ながさき）　長沢（ながさわ）　金山（かなやま）　金子（かねこ）　金井（かねい）　金丸（かなまる）　金沢（かなざわ）　青山（あおやま）

青木（あおき）　青柳（あおやぎ）　青島（あおしま）　岡田（おかだ）　岡谷（おかや）　岡本（おかもと）　岡崎（おかざき）　武内（たけうち）

注：日本姓氏有時會有不同的唸法。

八劃 (續)							
武田 (たけだ)	武藤 (むとう)	東 (ひがし)	東郷 (とうごう)	東条 (とうじょう)	和田 (わだ)	岸 (きし)	岸田 (きしだ)
板橋 (いたばし)	板垣 (いたがき)	芳野 (よしの)	芳沢 (よしざわ)	牧野 (まきの)	肥田 (ひだ)	肥後 (ひご)	沼田 (ぬまた)
幸田 (こうだ)	並木 (なみき)	服部 (はっとり)	依田 (よだ)	林 (はやし)	林田 (はやしだ)	児玉 (こだま)	若林 (わかばやし)
波多野 (はたの)	若山 (わかやま)	長谷川 (はせがわ)					

九劃							
柳田 (やなぎだ)	柳沢 (やなぎさわ)	津田 (つだ)	津川 (つがわ)	津島 (つしま)	相良 (さがら)	相馬 (そうま)	相川 (あいかわ)
相沢 (あいざわ)	前田 (まえだ)	前川 (まえかわ)	春日 (かすが)	美濃 (みの)	信濃 (しなの)	星野 (ほしの)	後藤 (ごとう)
柏原 (かしわばら)	畑 (はた)						

十劃以上							
高木 (たかぎ)	高田 (たかだ)	高岡 (たかおか)	高島 (たかしま)	高橋 (たかはし)	高見 (たかみ)	宮本 (みやもと)	原 (はら)
宮城 (みやぎ)	宮島 (みやじま)	宮崎 (みやざき)	宮田 (みやだ)	原田 (はらだ)	原口 (はらぐち)	島田 (しまだ)	島崎 (しまざき)
島本 (しまもと)	島村 (しまむら)	真野 (まの)	荒井 (あらい)	荒川 (あらかわ)	栗田 (くりた)	関 (せき)	酒井 (さかい)
新井 (あらい)	遠藤 (えんどう)	菊地 (きくち)	菊池 (きくち)	斎藤 (さいとう)	清水 (しみず)	橋本 (はしもと)	藤田 (ふじた)
福田 (ふくだ)	森 (もり)	森田 (もりた)	渡辺 (わたなべ)	船本 (ふなもと)			

注：日本姓氏有時會有不同的唸法。

安裝日文輸入法

請先安裝IE5.0以上版本的瀏覽器，再依下列步驟安裝日文輸入法及日文顯示支
援，安裝完成後，就不但可以在 Microsoft Word 2000 中輸入日文，還可以在瀏覽
器中顯示日文，這對於瀏覽日本網站或打日文報告時，都更方便。
（有關於瀏覽器上的操作請參考漢思公司出版的『ＰＣ得意通 網際網路 IE5』）

● 安裝前的準備步驟

●只要按照下列步驟，安裝好日文 IME 就能在 Office 的應用程式中顯示或輸入日文，以
下是以OFFICE 2000 DISK1 為範例的安裝，IE5 讀者可以購書或至微軟網站下載安裝。

● 要在 Word 輸入日文請使用 Word 2000 以上的版本。 IE 則要 5.0 以上的版本。
（注: Word 及 IE : Internet Explorer 均為微軟公司產品的名稱）

 把光碟片放進光碟機　　　 開始安裝的步驟

● 把ＩＥ 5.0 以上的的光碟片放進光
　碟機
● 因瀏覽器更新版本迅速，本書所附
　之光碟片內並無附 IE 瀏覽器。
　如有需要可至微軟網站下載最新版
　本 IE 瀏覽器

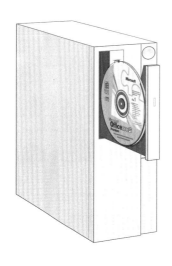

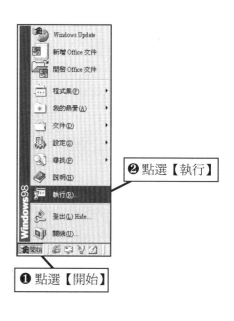

❷ 點選【執行】

❶ 點選【開始】

3 輸入安裝路徑

❷ 點選【確定】

❶ 輸入【E:\IE5\TW\IE\IE5 SETUP.EXE】

※ E:\ 是光碟機代號，路徑依電腦設備及光碟片會有所不同

5 系統自動進行設定

系統自動進行設定

4 出現安裝畫面

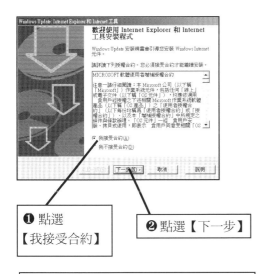

❶ 點選【我接受合約】

❷ 點選【下一步】

點選【下一步】後，系統會自動進行設定

6 點選【自訂安裝】

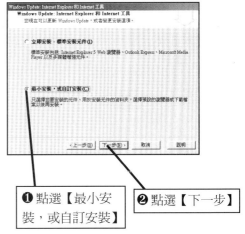

❶ 點選【最小安裝，或自訂安裝】

❷ 點選【下一步】

進入【元件選項】視窗

❶ 向下拖曳捲軸

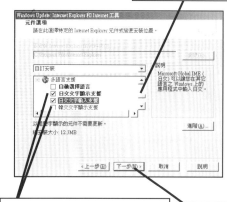

❷ 點選【日文文字顯示支援】
及【日文文字輸入支援】

❸ 點選
【下一步】

 進行安裝

顯示正在安裝元件,請稍候

 重新開機

點選【完成】

等系統安裝元件完成後會出現此畫面,
點選【完成】,電腦會自動重新開機

確認日文輸入法已經安裝成功

請開啟 Office 的應用程式 Word2000，檢查是否出現新安裝的【日文 IME】輸入法。

 開啟 WORD 2000

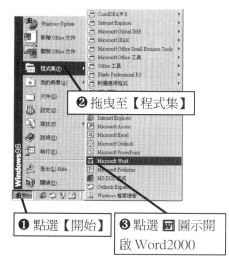

❷ 拖曳至【程式集】

❶ 點選【開始】　　❸ 點選 📝 圖示開啟 Word2000

 選擇日本 IME 輸入法

❷ 點選【日本 I M E】　　❶ 開啟 Word 後，選擇輸入法

 WORD 2000 已經啟動

出現 Word2000 的啟動畫面

 出現日本輸入法

出現日本輸入法的圖示，可開始輸入日文了

如何顯示日文－如果日本網站出現亂碼時

上一單元我們已經介紹了如何安裝日文輸入法及顯示支援，本單元將介紹如果出現出現亂碼時，如何正確的顯示日文。

 1 連上網路

我們先開啟 IE，進入日本雅虎（Yahoo）網站，再利用日文輸入法搜尋日本的【朝日新聞】網站。

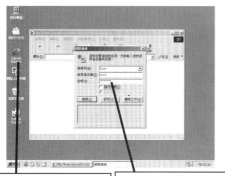

❶ 點選 開啟 IE　　❷ 輸入 ISP 的密碼

 2 輸入日本雅虎網址

連上網路後在搜尋網站處輸入 www.yahoo.co.jp 後按 ⏎

 3 切換日文編碼

進入日本網站後，假如字體出現亂碼，可以用以下列方法解決。

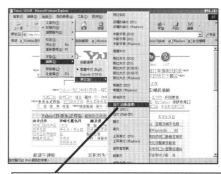

按一下【檢視】－ 拖曳至【編碼】－【其他】－ 日文－【自動選擇】

 4 亂碼已經正確顯示成日文了!

如何搜尋日本網站

上一單元我們已經介紹了如何安裝日文輸入法，本單元我們將介紹如何利用日文輸入法輸入關鍵字，在日文搜尋引擎中尋找網站。

1 先切換成日文輸入法

❷ 切換成日文輸入法　❶ 點選工具列的輸入法

2 把英文輸入狀態 Ａ 切換成平假名輸入 あ

❶ 點選日文輸入選單上的 Ａ

按一下【全角ひらがな】後會切換顯示 あ 即可輸入羅馬字後再按 Space 變換成漢字

3 輸入「朝日新聞」羅馬字

輸入 asahi 後按 Space 鍵變成漢字後再按 ↵

朝日しんぶん|　　　　　検索　検索オプション

出現【朝日】漢字後再接著輸入 shinbun 按 Space 鍵變換【新聞】後再按 ↵ 確定

朝日新聞　　　　　　検索　検索オプション

出現【朝日新聞】後按【檢索】

4 搜尋到【朝日新聞】了

點選連結至朝日新聞首頁【朝日新聞】

已成功連到【朝日新聞】的首頁了

電腦輸入平假名拼音一覽表

注：電腦輸入時，部份拼音與前面赫本式不同，在此提供大家參考。
此外，輸入【ん】時，要輸入「nn」，例如：輸入「しんぶん」時，
打字時要打成「shinnbunn」。

清 音

あ	い	う	え	お		か	き	く	け	こ		さ	し	す	せ	そ
a	i	u	e	o		ka	ki	ku	ke	ko		sa	si	su	se	so
た	ち	つ	て	と		な	に	ぬ	ね	の		は	ひ	ふ	へ	ほ
ta	ti	tu	te	to		na	ni	nu	ne	no		ha	hi	hu	he	ho
ま	み	む	め	も		や		ゆ		よ		ら	り	る	れ	ろ
ma	mi	mu	me	mo		ya		yu		yo		ra	ri	ru	re	ro
わ		を						ん								
wa		wo						nn								

濁音與半濁音

が	ぎ	ぐ	げ	ご		ざ	じ	ず	ぜ	ぞ		だ	ぢ	づ	で	ど
ga	gi	gu	ge	go		za	zi	zu	ze	zo		da	di	du	de	do
ば	び	ぶ	べ	ぼ		ぱ	ぴ	ぷ	ぺ	ぽ						
ba	bi	bu	be	bo		pa	pi	pu	pe	po						

拗 音

きゃ	きゅ	きょ		ぎゃ	ぎゅ	ぎょ
kya	kyu	kyo		gya	gyu	gyo
しゃ	しゅ	しょ		じゃ	じゅ	じょ
sha	shu	sho		ja	ju	jo
ちゃ	ちゅ	ちょ				
cha	chu	cho				
にゃ	にゅ	にょ				
nya	nyu	nyo				
ひゃ	ひゅ	ひょ		びゃ	びゅ	びょ
hya	hyu	hyo		bya	byu	byo
みゃ	みゅ	みょ		ぴゃ	ぴゅ	ぴょ
mya	myu	myo		pya	pyu	pyo
りゃ	りゅ	りょ				
rya	ryu	ryo				

電腦輸入片假名拼音一覽表

清　音

ア	イ	ウ	エ	オ		カ	キ	ク	ケ	コ		サ	シ	ス	セ	ソ
a	i	u	e	o		ka	ki	ku	ke	ko		sa	si	su	se	so
タ	チ	ツ	テ	ト		ナ	ニ	ヌ	ネ	ノ		ハ	ヒ	フ	ヘ	ホ
ta	ti	tu	te	to		na	ni	nu	ne	no		ha	hi	hu	he	ho
マ	ミ	ム	メ	モ		ヤ		ユ		ヨ		ラ	リ	ル	レ	ロ
ma	mi	mu	me	mo		ya		yu		yo		ra	ri	ru	re	ro
ワ		ヲ				ン										
wa		wo				nn										

濁音與半濁音

ガ	ギ	グ	ゲ	ゴ		ザ	ジ	ズ	ゲ	ゾ		ダ	ヂ	ヅ	デ	ド
ga	gi	gu	ge	go		za	zi	zu	ze	zo		da	di	du	de	do
バ	ビ	ブ	ベ	ボ		パ	ピ	プ	ペ	ポ						
ba	bi	bu	be	bo		pa	pi	pu	pe	po						

拗　音

キャ	キュ	キョ		ギャ	ギュ	ギョ
kya	kyu	kyo		gya	gyu	gyo
シャ	シュ	ショ		ジャ	ジュ	ジョ
sha	shu	sho		ja	ju	jo
チャ	チュ	チョ				
cha	chu	cho				
ニャ	ニュ	ニョ				
nya	nyu	nyo				
ヒャ	ヒュ	ヒョ		ビャ	ビュ	ビョ
hya	hyu	hyo		bya	byu	byo
ミャ	ミュ	ミョ		ピャ	ピュ	ピョ
mya	myu	myo		pya	pyu	pyo
リャ	リョ	リョ				
rya	ryu	ryo				

假名的特殊發音

小字

あ	い	う	え	お		つ		や	ゆ	よ
la	li	lu	le	lo		xtu		lya	lyu	lyo
xa	xi	xu	xe	xo		ltu		xya	xyu	xyo
	xyi		xye							

ア行

	イェ					ウァ	ウィ		ウェ	ウォ
	ye					wha	whi		whe	who

カ行

クァ	クィ	クゥ	クェ	クォ
qa	qi		qe	qo
qwa	qwi	qwu	qwe	qwo

グァ	グィ	グゥ	グェ	グォ
gwa	gwi	gwu	gwe	gwo

サ行

スァ	スィ	スゥ	スェ	スォ
swa	swi	swu	swe	swo

タ行

ツァ	ツィ		ツェ	ツォ
tsa	tsi		tse	tso

テャ	ティ	テュ	テェ	テョ
tha	thi	thu	the	tho

トァ	トィ	トゥ	トェ	トォ
twa	twi	twu	twe	two

ヂャ	ヂィ	ヂュ	ヂェ	ヂョ
dya	dyi	dyu	dye	dyo

デャ	ディ	デュ	デェ	デョ
dha	dhi	dhu	dhe	dho

ドァ	ドィ	ドゥ	ドェ	ドォ
dwa	dwi	dwu	dwe	dwo

ハ行

フャ		フュ		フョ
fya		fyu		fyo

ファ	フィ	フゥ	フェ	フォ
fwa	fwi	fwu	fwe	fwo
fa	fi		fe	fo
	fyi		fye	

ヴァ	ヴィ	ヴ	ヴェ	ヴォ
va	vi	vu	ve	vo

ヴャ	ヴィ	ヴュ	ヴェ	ヴョ
vya	vyi	vyu	vye	vyo

注：特殊字元部份，有時會因電腦輸入法的不同，有所差異。按機能F7鍵可轉換平、片假名。「ヴ」無平假名。輸入片假名的長音，則使用鍵盤上的「-」鍵。

歌曲卡拉OK

春が来た
はる き

高野辰之 作詞 / 岡野貞一 作曲

♩ = 120

1・はるがきた はるがきた どこにきた
2・はながさく はながさく どこにさく
3・とりがなく とりがなく どこでなく

たく ややや ままに にきで ささな たく ささ にとにと きさな たく
のの にに もも きさな たく
のの にに でも

はるが来た
はるが来た 春が来た どこに来た
山に来た 里に来た
野にも来た

はなが咲く 花が咲く どこに咲く
山に咲く 里に咲く
野にも咲く

とりが鳴く 鳥が鳴く どこで鳴く
山で鳴く 里で鳴く
野でも鳴く

春天來了
春天來了！春天來了！
來到哪兒？
來到山裡，來到鄉間，
也來到了原野

花兒開了！花兒開了！
開在哪兒？
開在山裡，開在鄉間，
也開在原野

鳥兒啼！鳥兒啼！
在哪兒啼？
鳥啼在山裡，在鄉間，
也啼在原野裡

114

しき うた
四季の歌

詞・曲 荒本とよひさ

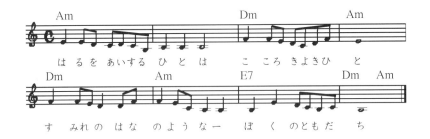

は るを あいする ひと は　こ ころ きよきひ　と

す みれの はな のような ー　ぼ く のともだ　ち

四季歌

2 なつを　あいする　ひとは
　　　　　　こころ　つよきひと
　いわをくだく　なみのような
　　　　　　　ぼくのちちおや

1 喜愛春天的人兒喲，
　是心地純潔的人，
　像原野裡的小花般的清新，
　那是我的朋友。

3 あきを　あいするひとは
　　　　　　こころ　ふかきひと
　あいをかたる　ハイネのような
　　　　　　　ぼくの　こいびと

2 喜愛夏天的人兒喲，
　是堅強勇敢的人，
　像拍擊岸邊岩石浪花般的堅強，
　有如我的父親。

4 ふゆを　あいする　ひとは
　　　　　　こころひろきひと
　ねゆきをとかす　だいちのような
　　　　　　　ぼくの　ははおや

3 喜愛秋天的人兒喲，是心思細膩的人，
　有如詩人在敘述著愛的詩情，
　恰似我的戀人。

4 喜愛冬天的人兒喲，
　是心地寬大的人，
　像是能融化前夜積雪的大地，
　就像我的母親。

115

漢思出版叢書 *迎接第二外語時代，成為國際文化人！*

話題的日語系列暢銷叢書

日本一姿與心 "第六版"：日本系列（1）

ISBN:957-98522-5-1

售價：350 元
作者：新日本製鐵能力開發室

在日本已暢銷百萬冊，與日本同步推出，並增修訂至第六版，為介紹日本的經典名著。內容詳盡的介紹日本地理、歷史、政治、經濟、企業經營、社會、教育、文化等各個層面，藉由本書，了解日本這個國家且能吸收日本的經驗。
●本書出版後，得到各界熱烈好評，於 2000 年增訂至第六版。

日語中的關鍵語：日本系列（2）

ISBN:957-99695-2-3

售價：250 元
作者：石川島播磨重工　廣報部

本書以『KEYWORD』（關鍵語）的方式出發，並採用中日文對譯，可提高學習的效率，並加快學習腳步。內文中有「上班常用語句」、「季節問候用語」、「商業上用語」，字字珠璣，使您讀後，不但可以了解各個關鍵用語的用法及時機，而且能正確地了解日語及日本社會生活及文化的面貌。

日本鳥人：日本系列（3）

ISBN:957-99695-3-1

售價：180 元
作者：Tim Ernst & Mike Marklew

本書的作者為英美人士，他們以詼諧及富有想像力的插畫，描繪出日本人的社會與生活，並採『中、日、英』三國語言的對譯方式，讓讀者藉由不同語言的角度，來了解各個語言的表現。內容生動活潑，您可利用這些幽默的話題及字彙，增加說話的幽默感並增進人際關係。

日本人的秘密：日本系列（4）

ISBN:957-99695-5-8

售價：240 元
作者：長谷川勝行

本書的作者以卓越的洞察力，分析了日本人與外國人在思考與行動上的差異，簡潔並詳實地描述日本社會及日本人的思考模式。尤其是對日本人的消費行動，有精闢的分析。本書也以較中立的立場介紹了日本社會的現狀並強調了包容對方文化的重要性。本書並承蒙各大學教授、文化人士推薦，採『中、日、英』三國語言的對譯方式。

日本料理完全手冊：日本系列（５）

ISBN:957-99695-9-0

售價：240 元
作者：田村暉昭

　　本書介紹日本料理的「吃法」、「樂趣」、「禮儀」；瞭解日本料理中『吃的藝術』。吃日本料理早已成為台灣生活的一部分，但如何接受招待或吃一頓貼心合於禮儀的日本料理，便是一門學問。本書讓你了解懷石、會席、本膳料理，享用美食時應如何點菜且能欣賞菜式、餐具及整體美感與料理方面的知識。

公司禮儀與溝通：日本系列（６）

ISBN:957-98522-3-5

售價：320 元
作者：PHP 研究所

　　台灣與日本無論在商業、文化等交流頻繁，而人與人之間的交流如能藉助本書所述，以「成功的禮儀與溝通」，將有效提昇效率，讓上司欣賞、客戶滿意、企業更成功。本書就是將公司教育訓練中的待客禮儀，做了一個簡潔的整理，讓讀者能利用本書為工作帶來一些助益，並擴展人際關係，採用中日文對譯。

桃太郎的法則：日本系列（７）

ISBN:957-98522-4-3

售價：240 元
作者：長谷川勝行

　　日本暢銷書作者長谷川　勝行先生，再度推出『日本人的祕密』的實用篇：『桃太郎的法則』，閱讀本書可以生動的了解日本人的交際、行為、交易、就職、生活上等的想法與日本社會的現狀，不僅說明日本人的習性及價值觀，對眼睛看不到的行動規則，也做了詳細的介紹。全書採中、日、英三國語言對譯，幫助您了解不同語言的表現，加深您多國語言的功力。

刮目相看，叫我…日本通：日本系列（８）

ISBN:957-98522-8-6

售價：240 元
作者：田仲邦子

　　『日本通』是將日本一般庶民之間的日常生活俚語，以字典的形態親切的對讀者作說明，也真實的反應出日本的社會實態，為介紹日本流行文化的經典名著。本書中的許多項目，在作者生動的解說之下，指出不少日本人匪夷所思、異想天開的新點子或是對自身社會及生活上的嘲諷，令人大開眼界。本書採中、日、英對譯。

揭開日本語的秘密： 日本系列（９）

ISBN:957-98522-7-8

作者：岸本建夫
售價：240 元

本書以顛覆傳統的學習觀念，剖析日語的語法構造，使讀者能快速掌握文法的基礎。作者整理出日語跟其他語系的相異之處，列舉外文例子與日本語作比較，使您更了解日語的特質。本書並配合現今潮流，指出不合時宜的會話用語，讓您馬上開口說日語。本書中、日、英對譯。

日本諺語順口溜： 日本系列（１０）

ISBN:957-30615-0-3

售價：320 元
作者：漢思編輯部

我們在日常生活及語言表現當中，常常引用一些諺語或是典故，同時我們由於受到母語的影響，也常常會想到某一句話或成語「日文該怎麼說？」或是「日文中是否有類似的表現？」此時若能巧妙地利用此書中的成語或諺語來比喻，那麼可大大的加強溝通的樂趣，並增加人生的智慧。本書為讀者查詢方便，採用如字典般中日文對查的方式做編排。

新日本語習字帖： 日語系列（１）

ISBN:957-99695-1-5

售價：50 元
作者：東漢日語文化中心

本習字帖的製作目的，是針對國人開發，使學生先建立學習的概念，並將習字基礎打好，使學生在學習語言前，先了解日語的構造與中國語音的差異性。並附錄平假名、片假名習字帖、高頻率單字、日本人百家姓，數字的讀法等。以易於教師教授方式編排，加強學習者的興趣。並承各大專院校、高中職校、語言中心等踴躍訂購中。

新日本語發音練習帳： 日語系列（２）

ISBN:957-99695-6-6

售價：180 元 （附錄音帶）
作者：東漢日語文化中心

針對課程的進度而開發，使教師易於指導，以期將「發音」與「習字」一氣呵成。結合「新日本語習字帖」並加入了"日本語發音要訣"，介紹日語中的發音及表記等讀法。附錄有"高頻率會話語句"；常用問候語、接聽電話用語、數量詞、飯店、機場、中日料理、吃飯用語等，使您學完後，馬上就可開口，加強自信，先有成就感。

日語假名聯想入門： 日語系列（３）

ISBN:957-98522-6-X

售價：90 元
作者：東漢日語文化中心

利用獨家創意聯想記憶法，快速學成平假名、片假名及日語發音規則。讓您學得輕鬆又愉快，卷末並附有羅馬音輸入一覽表，讓您上網輸入日文、查詢日語網頁時馬上上手。本系列的前身「新日本語習字帖」及「新日本語發音練習帳」自推出後廣獲好評，承蒙各大專、高中職院校採用。

觀光日語好上手： 日語系列（４）

ISBN:957-98522-9-4

售價：精裝 CD 2 片 特價 299 元
編者：東漢日語文化中心

針對國人研發，精選各種旅遊場合的日語範例，最適合從事觀光，餐飲及服務業人士使用，文中附錄「追加豆知識」，不但增進您對日文的知識，也增加您閱讀的興趣。全書附羅馬拼音及CD 2片，一句中文，一句日文，不但可矯正音調，加強發音基礎，就算初接觸日語的人，也能籍由本書，輕鬆開口說。

40 國語言習得法：

ISBN:957-99695-4-X

售價：180 元
作者：新名美次

語言是不同文化之間溝通的橋樑，具備多國語言的能力，是在競爭社會中脫穎而出的必要條件。本書作者以現身說法提供學習語言的方法與經驗，並詳實地介紹各個語言的脈絡關係，可提高學習的效果。本書並特別推薦給學生及社會人士，了解如何藉由學習語言達到成功的人生，為一本勵志及學習外國語言前的必備方法書。

最新觀光 / 飯店 / 餐飲 / 英語

ISBN:957-99695-8-2

售價：350 元 （附錄音帶）
作者：Forde Sakuoka

本書是針對觀光、飯店及餐飲業人士所編的基礎觀光飯店業務及餐飲用的英語會話教材。以東京 YMCA 國際飯店專門學校的教材為基礎，將日常業務中使用頻率較高且表現上較簡潔的文句，以優先順序做了一個整理。本書附錄「會話練習」、「音調練習」、「置換練習」、「發音練習」等，可增加您學習的效率。

國家圖書館出版品預行編目資料

輕鬆動畫學日語 / 漢思編輯部編
-- 初版.-- 臺北市：漢思，民 90
120 面；　17 x 24 公分.

ISBN 957-30615-1-1
（附動畫 CD-ROM 及內文 C D）

1. 日本語言 - 學習方法 2. 日本語言 - 讀本

803. 1 　　　　　　　　　90006437

學日語有撇步

輕鬆動畫學日語—附動畫 CD-ROM 及內文 C D

中華民國 90 年 8 月 15 日初版　　　　價格 新台幣 249 元

編　　者：漢思編輯部

教案開發：台北市私立東漢日語短期補習班

出　　版：漢思有限公司
　　　　　台北市敦化南路二段 1 號 7 樓
　　　　　TEL :(02) 2705-5848
　　　　　FAX :(02) 2702-0365
　　　　　http://www.wave.com.tw
　　　　　e-mail: service@wave.com.tw
郵撥帳號：1841 8738
登記證：新聞局局版台業字第 6441 號
總經銷：知遠文化事業有限公司
電話：（02）2664-8800